U0495633

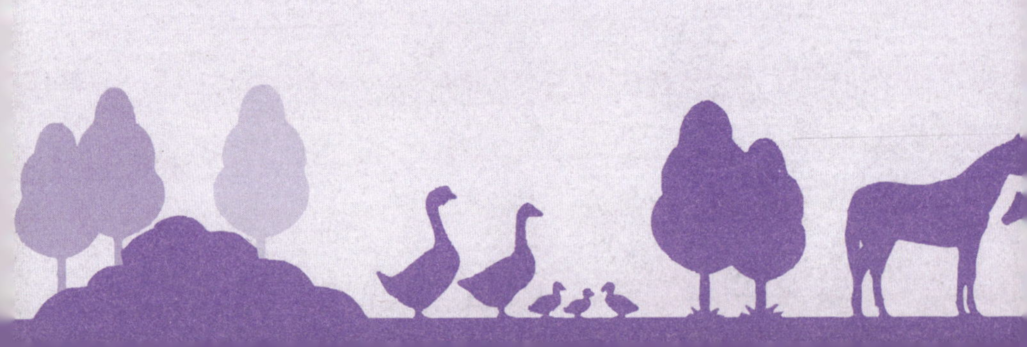

—— 少年人文美文系列 ——

江山如此多娇

美丽乡愁卷

徐 鲁 著

中原出版传媒集团
中原传媒股份公司

大象出版社
·郑州·

图书在版编目(CIP)数据

江山如此多娇：美丽乡愁卷/徐鲁著.—郑州：大象出版社，2024.5（2024.5重印）

（少年人文美文系列）

ISBN 978-7-5711-1799-3

Ⅰ.①江… Ⅱ.①徐… Ⅲ.①散文集-中国-当代 Ⅳ.①I267

中国国家版本馆 CIP 数据核字（2023）第 079533 号

少年人文美文系列

江山如此多娇　美丽乡愁卷

JIANGSHAN RUCI DUOJIAO　MEILI XIANGCHOU JUAN

徐　鲁　著

出 版 人	汪林中
策划编辑	张桂枝　孟建华
项目统筹	司　雯
责任编辑	李　萌
责任校对	张英方
装帧设计	王莉娟

出版发行	大象出版社（郑州市郑东新区祥盛街27号　邮政编码450016）
	发行科　0371-63863551　总编室　0371-65597936
网　　址	www.daxiang.cn
印　　刷	河南博雅彩印有限公司
经　　销	各地新华书店经销
开　　本	890 mm×1240 mm　1/32
印　　张	8.5
字　　数	142 千字
版　　次	2024 年 5 月第 1 版　2024 年 5 月第 2 次印刷
定　　价	29.00 元

若发现印、装质量问题，影响阅读，请与承印厂联系调换。

印厂地址　郑州市金水区杨金产业园马林西路4号

邮政编码　450000　　　　　电话　0371-65867366

目 录
Contents

001　爱我绿水青山，记住美丽乡愁（代序）
　　　——致少年的你

001　杏花消息
003　奔腾的春溪
013　采春茶的日子
025　稻场上的采茶戏
038　红菊与红菱
047　农家书屋的灯光
052　山村七月槿花开
059　嘉鱼挖藕人
069　洁白的葱须

076　楠竹骨油纸伞
082　小船划过童年
089　杏花消息雨声中

095　大地春光
097　"苹果爷爷"的心愿
107　乌蒙山采风散记
117　乌蒙山中放蜂人
126　乌蒙山的春天
135　骆驼泉的传说
141　其美多吉的邮车
158　戴红星斗笠的小姑娘
164　小宝的泼水节
170　江山如此多娇

179	**记住乡愁**
181	小鹿吃过的萩花
183	小石桥边的蒲公英
189	刺猬灯
194	我们的麦地
198	金色的八月竹
201	江南三章
206	几人相忆在江楼
212	文化站站长
215	田野文化的守护者
224	留得片瓦听雨声
231	童谣与风俗画里的乡愁
236	节俗故事里的爱与美
242	杏花春雨江南
248	火车，火车，带着我去吧

爱我绿水青山,记住美丽乡愁(代序)
——致少年的你

我们这一代出生在乡村的人,不少都是在少年时代就离开了自己故乡的村庄,进入城市里念大学,然后就留在城里,变成了所谓的"城市人"。四十年前,我第一次走进上海这座大城市,站在陌生的城市街头,因为想家心切,曾写过一首短诗《在城市的绿色邮筒前》:"谁能够将我,这流浪已久的怀乡的少年,也贴上一枚邮票,胸前写明,山东、胶州湾、乡下爷爷收,然后投入,这绿色的邮筒之中呢?"这是我在诗歌里第一次把"乡愁"和"邮票"联系在了一起。

"小时候,乡愁是一枚小小的邮票,我在这头,母亲在那头……"诗人余光中的名诗《乡愁》,大家耳熟能详。可见,中国人的乡愁,总是和家书、驿路、邮差、邮票、邮局这些字眼紧紧联系在一起的。

在鄂东南黄石市磁湖岸边,有一座名叫"江南旧雨"的、带有鄂东南传统乡村庭院建筑风格的院落,这里建成了全国首家名为"美丽乡愁"的文化主题邮局。

这座美丽乡愁文化主题邮局落成不久，我曾应邀来这里做过一次"记住乡愁"主题的讲座。当时，媒体上报道说，仅湖北省的常年外出务工人员已经超过1100万。美丽乡愁文化主题邮局创办的初衷，正是让这个庞大的外出务工人群记得住故乡，记得住乡愁，能够把一封封情真意切的家书，把带着家乡味道的各种土特产，把载着父母亲、妻子、丈夫、儿女们的手艺与牵挂的衣服、鞋垫等各种物品，托付给今日的"邮差"，越过千山万水，捎给四面八方的游子。

与时下各种快递公司不同的是，美丽乡愁文化主题邮局不仅有平邮、快递业务，也有"慢递"业务，意使"乡愁"在邮路上走的时间长一点，让乡情抵达心中的时间慢一点，可供回味的滋味长久一些。只有这样，才能真正"望得见山，看得见水，记得住乡愁"。

乡愁是人类与生俱来的一种情感，尤其是对数千年来生活在农耕文化背景下的中国人来说，乡愁与我们的生活与命运从来就如影随形、密不可分。从古老的《诗经》开始，从中国历史上的第一封家书开始，我们的方块文字，我们美丽的母语汉语，就不仅仅是我们赖以生存和交际的工具，也不仅仅是我们全部文化与文明的载体，而且是我们最初的和最后的心灵与回忆之乡，是我们全部的记忆与乡愁。

野人怀土，小草恋山。"征夫怀远路，游子恋故乡""青青河畔草，绵绵思远道。远道不可思，夙昔梦见之。梦见在我傍，忽觉在他乡""客子光阴诗卷里，杏花消息雨声中""秋阴不散霜飞晚，留得枯荷听雨声""千里莺啼绿映红，水村山郭酒旗风。南朝四百八十寺，多少楼台烟雨中""小楼一夜听春雨，深巷明朝卖杏花""归去来兮，田园将芜胡不归？"……我相信，这样一些句子，每一字每一行，都能触动我们心灵中最柔软、最敏感的地方。

问题是，处在当下这个浮躁和喧嚣的社会环境中的我们这些普通人，该如何记住和珍惜自己心中的那份乡愁？面对越来越陌生和模糊，甚至已经衰败和消失的桑梓故土，我们还能够做些什么呢？

以前，我们常常把"时间就是金钱"作为励志信条，发誓要"与时间赛跑""和岁月拔河"。但仔细想一想，人生苦短，谁能够真正与时间赛跑？谁能够赛得过永恒的岁月？快与匆忙，只能使我们迷失生命的方向，偏离生命的本质与真谛。当然，也让我们顾不上品味和怀恋内心深处的那份乡愁了。实际上，当我们在为生活疲于奔命的时候，生活和乡愁已经离我们而去。

我读到过一首诗《让我慢下来》,写的是一种"慢生活"的境界:

让我慢下来,让我用头脑的平静抚平狂跳的心。

让时间永恒的信念平稳我忙乱的脚步。

在一天的迷茫中,请赐给我山丘般永恒的宁静。

用我记忆中欢唱小溪的美妙音乐,驱走神经和肌肉的紧张。

教给我体会休闲的艺术——慢慢静下来看一朵小花,与朋友聊天,拍一拍狗,对一个孩子微笑,从一本好书中选出几行,认真品味。

每天提醒我,比赛并不是最快的人赢,生活中有比增加速度更多的内容。

让我每天仰视那高塔般的橡树,明白她长得又高又壮,是因为她缓慢而健康地成长。

我想,在当下那些浮躁而喧嚣的日子里,不少人一定也在期盼和追求这样的生活节奏和生命境界,可是我们许多人根本无法做到。我们不得不因为快节奏的工作而放弃自己所渴望的东西。

多年前,一些意大利人因为抗议在罗马西班牙广场纪念碑旁开办麦当劳快餐店而发起了"慢餐运动",还成立了国际慢餐协会。协会的标志是一只慢吞吞的小蜗牛的形象,借以提醒人们放慢匆忙的脚步,远离流水线上制作的快餐食物,而慢慢地去品味传统手工美食,享受生活中的传统之美。"城市的快节奏生活,正在以提高生产力的名义扭曲和伤害我们的生命与环境。我们要从慢慢品味开始,抵抗快餐和快节奏的生活。"这是国际慢餐协会发布的"慢餐宣言"。可见,如何维护生活中那份"慢"、那份传统与乡愁,也是一个世界性话题。

现在,我们在媒体上经常能看到一句话:记住那乡愁。这至少说明,我们心里已经知道有乡愁,也需要乡愁这种温暖的东西了。乡愁能够温暖和慰藉我们的心灵,能够滋润和净化我们的日子,所以我们越来越强烈地需要它。

几年之前谷城县的一位退休的宣传干部,也是一位"草根作家"——帅瑜先生托人找到我,要我为他的一部乡土散文集写点文字。我看到,他的书里几乎每一篇都在抒写自己的乡愁。其中有一篇文章中他说:"在我的家乡,那些可爱的父老乡亲,他们祖祖辈辈的名字和他们自己的名字,从未在纸上出现过。他们的喜怒哀乐,也从未有人去写过。今天,我有这个能力,去讴歌他们、去反映他们、去探究他们的这个重任,自然就落在了我的肩上。因为,我是他们的儿子。"

他把贫困年代里喂养他长大成人的家乡的苞谷和红薯，称为"恩粮"，而家乡的山水，"蕹山如我父，南河似我娘"，"大蕹山，南河水，永远在我生命里"。

我相信，真正的"草根性"，必是源于赤子心，必是出自最深沉的乡愁。用文学作品帮扶家乡，用自己的智慧、力量和热爱去振兴乡村，这是多么质朴和善良的愿望。只有拥有这样的赤子之心，才能写得出最真挚动人的好文章，也才能回报曾经养育过他的故乡的"恩粮"和山水。这个例子似乎可以告诉我们，面对正在荒芜和模糊的桑梓故土，如何记住那乡愁，文学还可以为故乡做点什么。

只有拥有真正的中国情怀，理解真正的中国人的乡愁，才有可能讲好中国故事。中国人的乡愁，正如诗人流沙河在他的诗《就是那一只蟋蟀》里所吟唱的："凝成水，是露珠；燃成光，是萤火；变成鸟，是鹧鸪，啼叫在乡愁者的心窝。"要记住那乡愁，至少应该先去熟知自己的家园，去认识和认同曾经供奉过我们的祖先们生生死死的故乡大地。那是曾经召唤过一代代人前赴后继，流血、奋斗、耕种、相亲相爱、无愧无悔，创造过我们自己的文化和史诗的故国家园。我们最后的乡愁、梦想和全部的命运，都在这片家园之上。

亲爱的少年朋友，请记取：一个不熟悉自己的家园和根

脉的人，对全世界也将是陌生的。江山如此多娇！只有当你发自内心地去珍惜和热爱祖国的绿水青山，并且不论走到哪里，都为脚下的这片绿水青山感到由衷的自豪时，你才能真正地拥纳和记住那美丽的乡愁。

徐鲁

杏花消息

奔腾的春溪
采春茶的日子
稻场上的采茶戏
红菊与红菱
农家书屋的灯光
山村七月槿花开
嘉鱼挖藕人
洁白的葱须
楠竹骨油纸伞
小船划过童年
杏花消息雨声中

奔腾的春溪

*

千山响杜鹃,万壑皆溪声……

一

早春时节的土地是松软的。山雀子噪醒的山岭间,一抹雨烟。每一寸湿润的泥土下,都隐藏着,也在萌生着蓬勃的生命力。

侧耳细听,从远处青翠的茶山上,传来一声声布谷和鹧鸪的啼唤,那么急切,又那么悠远;山坡下的楠竹林里,回应着竹鸡、斑鸠和抱窝的野鸡们的咕哝与呢喃,那么婉转,又那么缠绵。

"滴水快,滴水快,山里女伢掐苦菜。"幕阜山区的细伢子,一听到竹鸡叫,就会唱起这首儿歌,去应和竹鸡们的叫声。

竹鸡的样子看上去有点笨笨傻傻的。它们不喜欢去别处活动,就喜欢待在竹林里。早春时节,清晨的竹林里还有点

凉飕飕的，竹鸡们喜欢一只挨着一只排成一串，横着蹲在竹枝上，相互挨近了取暖，看上去要多傻有多傻。

幕阜山区人也把竹鸡叫作"泥滑滑"。如果仔细听去，竹鸡的叫声真的像是一遍遍在喊着："泥滑滑，泥滑滑……"

哎，傻傻的竹鸡们哟，你们在说什么呢？

腐叶铺成的小路上，闪亮着一小团一小团的积水。不用说，这是野猪妈妈带着小野猪们走过时留下的蹄窝了。

马兰花和二月兰，开在静悄悄的崖畔；水竹和水柳，长在蓝幽幽的河腰。幕阜山总是让我魂牵梦绕。回到山区的头一天，天还蒙蒙亮，我就让满山的鹧鸪和布谷的啼唤声给吵醒了，让窗外楠竹林里"泥滑滑，泥滑滑"的啼鸣和各种山雀子的噪林声给吵醒了。

幕阜山区的植被，以长得又高又粗大的楠竹居多。还有一种竹竿纤细的雷竹，据说每年春雷滚动的时候就会萌发出来，蹿得很快。所以，山里的伢子们一到这个时节，就喜欢到山前或屋后的小竹林里，去捡新鲜的蘑菇，去拔幼嫩的雷竹笋子。这也是山里人家饭桌上的时令野蔬。

除了楠竹和雷竹，还有枫、樟、松、板栗、柞、野樱、乌桕……这些常见的杂植。竹木繁茂的地方，鸟雀就多。鸟雀噪林，是山坞的清晨和傍晚的生活日常。假如没有了鸟雀

噪林的声音，山里的人家该有多么寂寞。

竹鸡、鹧鸪、斑鸠、布谷、喜鹊、黄莺、画眉、乌鸫、八哥、水鹨鸪、秧鸡……都是山坳出色的"歌手"。只要你肯驻足倾听，任何时候，这些快活的"歌手"都愿意为你来一曲鸟声"大合唱"。往往是布谷和斑鸠先带个头，然后众鸟响应，不同的"声部"和"音色"，应有尽有。"早起的雀子有虫吃。"幕阜山区有这句谚语。

晨风拂过楠竹林，每一片竹叶上都抖动着晶亮的露珠。山里的空气真是清新，这气息，我曾经是那样的熟悉。仔细嗅辨，空气里有新鲜的泥土气，有刚刚冒出地面的菌子和笋子的气息，还有几丝青茶的气息……

二

立春已过，雨水和惊蛰正在临近，离花汛时节也不远了。

这时候，如果你不是身在山坳，不是盘桓在山坳人家的屋前与山后，你很难真切感受到什么是"紫燕呢喃"，什么叫"春雨如烟"。

没有在山坳生活过的人，也很难分清什么是云烟，什么是雨雾。实际上，同样是飘绕的烟雾，也分出好几种。

炊烟，是每一座小山垮的生活日常。早晨和傍晚，远远近近的村落，哪怕是散落在山腰或山脚下的一两户人家，也会在日出之前和日落时分，准时升起袅袅的烟缕。这就是农家烧火煮饭时的炊烟。

风和气温的缘故，住在山腰的人家，炊烟会升得很高，无论在哪面山坡、在哪个山口劳作的人，远远地都能看得见；住在山脚下或河谷的人家，炊烟一冒出烟囱就会散开，匍匐在一座座屋顶上和苍黑的瓦脊之间，久久不肯散去。

岚烟，就是我们常说的山岚，是山中的雾气。岚，就是山气，仿佛大山每天呼吸的气息，升空为云，贴地为烟。比起炊烟来，岚烟要洁白一些。眼下正是春天，岚烟是湿润和低沉的，而秋天的岚烟，会变得干爽和轻淡，成为秋高气爽的标志。茫茫山岭是岚烟的家乡，大山因为有了流动的岚烟，也就有了气韵，有了动态的风姿。

山区里还有两种烟气，就是河烟与湖烟。浮漾在河面上的，叫河烟；氤氲在湖面上的，叫湖烟。春天里细雨蒙蒙，丰富的水汽聚集和浮漾在河面或湖面上，就形成了一层淡淡的、薄薄的河烟或湖烟。淡淡的河烟或湖烟好像有点喜欢"缠人"，会跟着小船和撑渡人，会跟着过河或过湖的客人，从这岸，飘到对岸。烟气落在船帮上，落在衣服和头发上，落

在船篷上，甚至落在狗子大黄的毛皮上……瞬间都变成了湿漉漉的露水。

如果淡淡的河烟和湖烟落在青翠的楠竹叶上，落在一些小野花的花瓣上，就会变成晶亮的露珠，成为在清晨里早早醒来的小鸟们的饮料。这些晶亮的露珠，会伴随着小鸟的歌声，一起滚落在竹林下面的大地上……

山里人家喜欢傍水而居。富水河有一条支流，叫桃花溪。清亮的桃花溪从富水河上游的蜈蚣岭那一带发源，一路唱着野性的歌，弯弯曲曲地经过许多塆子，绕过不少山脚，最后流进富水河里。

走在幕阜山区的春天里，泥泞的小路和田埂，轻柔的云雾和烟雨，潺潺流淌的春溪，无不牵引着我的乡愁，逗惹着我的情思，也拂撩着我的记忆……

向晚时分，在桃花溪潺潺流过的一个长满水竹、鸭舌草和矮菖蒲的埠头，几块光滑的捶衣石上，我坐下来休息。不经意间，又看到了熟悉的一幕。

这些捶衣石，在清晨和傍晚是属于洗衣、捶衣的村姑们的，随着一声声捶衣棒槌的击打，溪边会敲起一阵淡淡的热烈。捶衣女子们家长里短的嬉笑，是溪边最生动的村景。

"归家咯——鬼伢子哎！"不一会儿，炊烟送来晚饭的

气息。塆子口的老枫树下，此起彼落地响着唤归的母亲们半含疼爱、半带责怪的声音。

玫瑰色的晚霞，把小塆的屋顶、田畈、树和溪水，映照得红彤彤的。在站起身的瞬间，我伸出双手，放在溪水里，轻轻撩起了一串彩色的水花。

山里的溪流，又清又浅。只要一夜雨水，溪流就会平了这埠头，平了不远处的小石桥。

三

翌日，一位年轻的驻村工作队队长，带我上山去看他们新栽的柑橘林。此刻，满山满谷，都是闪闪发亮的新绿。

除了清脆的、喧闹的鸟声，细听还有无数的溪声。千山响杜鹃，万壑皆溪声，这也是幕阜山区的春天里山溪欢唱、万物勃发的景象。

鸟声洗耳，溪声洗心。每一声鸟鸣，都让人顿生美丽的乡愁；每一条细小的山溪，都像是闪亮的琴弦，在叮咚演奏着大地的音乐。

大诗人苏东坡也曾来过此地，身处此情此景，我的心里也不禁升起了几缕"古意"。

我想，假如我是一个山中樵夫，一个背着竹篓的采药人，或者是一个满怀闲情逸致的漫游者，到此真可以莫问前路了。我愿意在这万壑溪声足以洗净所有风尘、滤清所有烦躁心境的时辰，放下肩上的担子和背上的背篓，也卸下身上小小的行囊，独自流连在这春山之上。或坐看闲云出岫；或遥望白云深处的人家；或干脆赤脚涉过山溪，随意叩开哪扇柴扉，没准就能遇见一位山中隐者，即便没有隐者，能邂逅一位布衣山翁也好呢！我愿意与他取来几缕烟雨和山岚，舀来几瓢清清的山溪，轻煎一壶春色，一边对饮，一边听那山风的轻吹和那万壑溪声……

可惜的是，我没有这样的闲情，也遇不见这样的隐者和山翁。

当然了，我们年轻的驻村工作队的队员们，更没有这样的闲情逸致。在这春工忙忙的时节，在这日新月异的年月，奋斗在山坞的人们，谁会有这样的闲情？谁有心思去大发"思古之幽情"？

望着眼前几面山坡上青枝勃发的柑橘林，我对年轻的韩队长说："这满山满坡的柑橘林，规模可不小哇！"

"合起来有300多亩。"韩队长说，"你要是秋天来这里，一眼望去，那是真正的满山橙红橘绿。"

"后皇嘉树，橘徕服兮。受命不迁，生南国兮。深固难徙，更壹志兮。绿叶素荣，纷其可喜兮。"我信口吟诵着屈原的诗，笑着说，"这可是你们写在山岭上的'创业史'！"

"也不是我一个人的'手笔'，是大伙儿和乡亲们一起开动思路'写'出来的。"

我又问道："这些橘树品种是'温州蜜柑'吗？"

"不是，'温州蜜柑'是老品种，不时兴了，现在我们引进的是一种新品种杂柑，叫'爱媛28'，名字听上去有点大家闺秀的感觉对不对？这个品种不仅吃起来口感好，产量也高，一亩地平均产果2500公斤哪！现在市场上一斤果子零售能卖到20元，批发价起码也在七八元。"

多好啊！春天的山岭上，弥漫着万物萌发的大自然的清香，也回旋和蒸腾着岚烟缭绕的生命气息，仿佛有千条万条春溪在奔涌，在汇聚，它们将汇入谷底和山脚的河流，汇聚成更大的力量，卷带着更加强劲的信心和希望，奔出山谷，奔向远方。

四

不知你有没有过，在夜晚的山路上行走或匆匆赶路的经历？夜色茫茫，山路迢迢，看不见一个人影，只有天上的星斗伴着你前行。

忽然，远方的山脚下，闪烁着一豆微弱的灯火，若有若无，似近又远。虽然还不能马上就走近它，但毕竟，那一豆灯火就在前方！

那么微弱的一豆灯火，却在引导着你，鼓舞着你，给你信心和力量，让你心驰神往，奋然前行，同时也给你带来许多遐想——

那也许就是一个小小的野店的灯火吧？那也许是几户还燃着温暖的灶火的农家吧？

橘黄色的灯光下，是有一位母亲在给家人缝补衣衫？还是有一位小学生，正趴在小饭桌上写作业？还是有一对小姐妹，正支着双手，捧着小脸，在听妈妈讲故事？

又或许，那里有一间敞开的篱门？篱笆院前，站着一个盼归的人？裹在围巾里的脸，冻得通红；那一豆灯火，就像一颗殷殷期盼的、温暖的、跳动的心……

和驻村工作队的队员们一起，走在山溪流泻的山路上，沐浴着我所熟悉的春夜的星光，望着闪烁在远山的星星点点的橘黄色的灯火，我一直沉浸在这样一种温柔的情感和美丽的遐想里。

我知道，那每一星、每一团灯火里，都是一个小小的山坳，都是一个小小的村落，都是一个个温暖的家，都是星星点点、正在汇聚的光源和希望。就像这满山满谷、潺潺作响的山溪，一线线、一条条，正在汇聚成奔涌的力量，汇入磅礴的大河。

采春茶的日子

*

有雨雾、有日光的山崖下,哪有长不好的茶树?

淡淡的晨雾渐渐消散,伴着一阵阵朗朗笑语,驻村工作队队长召集过来帮忙采春茶的小媳妇们,一个个像仙女下凡一般,驾着飘绕的晨雾,袅袅娜娜,络绎而来。

清晨,牵着牛下早田的老爹们,看着垮子里突然出现这么多"仙女",情不自禁地发出了至今还在幕阜山区里使用着的一些古朴的叹词:"噫,好矣!好矣哉!"

茶山的主人阿通伯,更是喜得合不拢嘴,笑着对骑着自行车赶过来的驻村工作队队长韩燕来说:"韩队长哟,你请来的采茶工,个个赛过仙姑,怕尽是挑长得好看的要,不好看的不要咯!"

"阿通伯,必须的啊!"燕来也乐得"就汤下面",笑着说,"给您这个老模范家的茶山请帮手,谁敢马虎哇?怎么样?您老还满意吧?个个都是'仙女'级别的。"

"要得,要得,怕是全镇子的'仙女',都叫你给请来咯。"

"待会儿,人家龙芽公司的人过来一看,哇,这道春茶,都是'仙女们'的纤纤玉手采摘下来的,还好意思跟您压价吗?"

"有道理,有道理呀!"阿通伯喜得满脸像盛开的茶花,说,"韩队长,这就叫'肥水不流外人田'咯!"

"仙女们"听了这番对话,个个也开心得不行,有的还故意娇嗔地跟阿通伯撒娇说:"细爹哟,过午的饭菜,您得搞得有冷有热,扎实些哟!"

这里的晚辈,都喜欢把年纪不算太大,又有一定辈分的同族的老人,亲切地称作"细爹"。

细爹听到这撒娇般的话语,心里头甜得像饮了蜜。"放心,放心,满桌子的'硬菜',你们岔着吃,细爹啥时候亏待过你们咯?"

"岔着吃"就是不要拘谨、敞开吃、随意吃、管个够的意思。

在幕阜山区,每一年里,不论是第一次开园采春茶,还是采秋茶,都是十分隆重的时刻。茶园主人和请来帮着采茶的人,图的都是个吉利和热闹。茶姑们都是清一色的小媳妇。

如今的小媳妇,只要留在塆子里的,个个都是当家做主

的身份，俊俏得很，也泼辣得很哩。当地人习惯地称她们为茶姑，当然含有敬意，仅仅是称谓上就长了一辈嘛。

年轻一点的细伢子、细妹子们，大都在外面念书，或去外地打工去了，塆子里难得见到细伢子和细妹子们的身影。这也正是让韩队长感到苦恼和心痛的一桩事。眼下，要振兴乡村，要让幕阜山区的绿水青山变得更美，塆子里没有年轻人，那怎么能行！

"再等等吧，留得茶山在，不怕飞不来鹧鸪鸟。"我在这里采风的日子，不止一次听这位年轻的驻村工作队队长讲道，"总有一天，也许不用太久吧，就会有细伢子、细妹子从外面'飞'回来的。"

日光照射出来了，轻柔的白雾也散得差不多了，满山的青翠更加透亮，漫成了一片浓绿。

"今年春茶的叶子发得比往年好，势头旺，怕是一天两天摘不完哟！"

"那不是更好吗？要是真能摘上个十天八天的，阿通伯今年可是要发大财啦！"

阿通伯家这片茶园，从屋后的山脚，一圈一圈地往山高头环绕，形成了一层一层的茶梯，一直环绕到了最高处的山包和崖尖。越往上去，越是云雾缭绕，一圈圈，一团团，一朵朵，一层层……满山满崖，青翠欲滴。

有经验的种茶人都晓得，山崖高、云雾多，要日光有日光、要雨露有雨露，所以，市里那家名叫龙芽的茶叶公司派来的收茶师傅，一眼就看中了这座茶山，把每一道春茶和秋茶都给包了下来。

幕阜山区的茶农们有个说法："早采三天是个宝，迟采三天是根草。"好像是人与茶树之间，早就形成了一种默契：该来采茶的时日，你越掐，它们越是发得快、长得旺；如果遇到种茶、采茶的人懒散，怠慢了满山的好茶，错过了采茶的好时辰，那么，你再想去采摘的时候，满园的青茶，仿佛一夜间就给你变成了又老又粗的茶叶叶。

幕阜山区的人们把开园第一天掐下来的头一道春茶，叫作"跑芽尖"。"跑芽尖"最好是采"一叶一枪"的，"两叶一枪"的也不赖。这里的"枪"，指的就是茶树上的春芽尖尖。

也不仅仅是幕阜山区，全国各地采春茶，几乎没有不看重这头一道春芽尖尖的。所以人们给它们起的名字也那么美、那么生动形象，比如龙芽、雀舌、雪芽、春芽、银毫、毛尖、玉露……反正是怎么美、怎么娇嫩就怎么叫。

茶姑们个个都是有经验的采茶巧手，心里皆藏着她们对娇嫩无比的茶尖尖的珍爱。看，茶姑们"跑芽尖""跑"得多快、多轻盈啊！五颜六色的花衣裳，挡着春晨里的一层轻寒；她们灵巧的手指，不停地掐着整座翠色欲滴的茶山。若是形容她们的手指，像阵阵清风拂过了簇簇茶树，或似翩翩彩蝶飞过了层层茶梯，都不为过。一芽又一芽翠绿欲滴的新发的春茶，像薤叶秋露，似杏花春雨，飞进了她们胸前的茶篓里。

"阿通伯，这是您家的茶园，恐怕您也未必晓得这座山的海拔，还有这里的常年平均气温吧？"韩队长笑着给我，也给茶园的主人阿通伯介绍说，"不瞒你们说，我在这里驻队，对这一带的每座茶山和橘园都做了一些功课，要搞乡村振兴，要带着乡亲们把幕阜山区建设好，不做这些基本功课，不行呀！"

"韩队长，你说来我听听，我也给阿通伯详细记一下。"我赶紧打开了采访本子。

"据我所知，这片高山茶园，平均海拔在500米到700米的，常年平均气温有15℃；平均海拔在700米以上的，常年平均气温就低于14℃。哪怕到了夏天，别的地方炎热得不得了，但我们这里，平均气温也只有28.2℃；秋冬季节呢，哪怕是最冷的12月份前后，平均气温也有2℃左右。可以说，春秋天气温凉爽温和得很哪！

"你们看，现在茶园的草棵子上，早晨和夜分里，还有一些霜露对不对？因为现在的时令，还处在有霜期。这里每年平均无霜期，有210至220天；平均初霜日，也就是第一次下霜的时间，基本都在11月初；平均终霜日，就是最后一次下霜的日子，大致在3月底。阿通伯，只要掌握了这些数据，您就会懂得，这种独特的气候，保障了这里的山岭上有充足的雾气滋养，加上山岭有一定的海拔，日光照射也充足，所以，非常适合小叶茶树的生长，特别有利于茶叶的发苞……"

"韩队长，你真不愧是'驻村第一书记'呀，功课做得这么过细！"阿通伯由衷地赞叹说。

"这是必须的。要热爱家乡、改变家乡，先得熟悉这片水土嘛！光有地势、气温、日照、降水这些条件，还不足以让这些茶长势这么好。"韩队长又笑着说道，"阿通伯，您是一位有经验的下田人了，您说不说得出来，踩在我们脚下的这些泥巴，属于什么类型，有些什么特点呢？不瞒您说，这个我也特意找市里的土壤专家给化验了一下。咱们幕阜山区的土壤，学名叫黄棕壤，黄棕壤又分普通黄棕壤和山地黄棕壤。"

"那我们这里就是山地黄棕壤吧？"

"对头呀，山地黄棕壤的母质，多为花岗岩、片麻岩，土壤厚度能达到1.5米以上，而且山地黄棕壤的有机物质含量高，土壤肥力和通透性比一般的土壤都要好。所以说，我们的脚下是一片宝贵的土地，这可不是简单的一句抒发感情的话，而是有科学依据的判断。再想想，这么好的一片土地和家园，我们不好好珍惜，不好好守护它、耕耘它，能对得起它吗？"

"阿通伯，平时您老给茶园施得最多的是什么肥料？"

"有时施些豆饼渣子，多半是发酵的稻子壳。"

"这就对了，我们这里的茶叶品质好，发蔸旺，不仅能采春茶，还有夏茶和秋茶可采，除了前面说到的自然优势，还有就是您老舍得给肥料。豆饼渣呀，发酵后的稻子壳呀，还有鸡粪、鸭粪、豚粪什么的，都是很好的有机肥料。有了它们，就能保证青茶纯天然的绿色品质。别看您家屋后这片茶园不大，看上去绕几层茶梯就到了绿山崖，要是管理好了，它就是一个绿色'金窝窝'呀！"

"绿山崖倒是实打实的，'金窝窝'可就不敢想咯！"阿通伯憨厚地笑了笑。

"要想的，要想的！"韩队长笑着说，"目前亩产量低，收益慢，要把规模性产业搞起来，难度不小。像这种青茶，属于高山野生小叶茶种，茶树叶子扎实。不过，谷雨前后的春茶，每亩的产量，我估计顶多也就十来公斤吧，整座茶山

的头道春茶全采下地,产量也只有600公斤左右,确实还当不起'金窝窝'这个名头。阿通伯,您老是老模范、老党员,今后还得搞搞'传帮带',争取把这一带的每个山头,都变成茶园绿崖,都变成'金窝窝'咯!"

韩队长的话听来真是提气。阿通伯点着头说:"韩队长,有你带着乡亲们'撸起袖子加油干',你放心,我听你的,你说么样我就照着么样干咯。"

韩队长大笑着说:"阿通伯,不是听我的,我们都要听党中央,听习近平总书记的,听国家的号召!"

马兰花开在湿润的洼地,水竹长在清亮的河腰。有雨雾、有日光的山崖下,哪有长不好的茶树?伴着山崖的云雾,伴着青翠的茶园,唱着清新的山歌和采茶戏长大的细妹子,哪有长得不好看的?

也许是采茶采得有点热了,这时候,有的"仙女"脱下了当工作服用的罩褂,只穿着薄薄的毛衫或春衫,一个个看上去要多俊俏有多俊俏,要多精神有多精神。

看吧,"仙女们"的明眸皓齿,闪亮在茶梯深处;"仙女们"的红衫绿褂,闪现在淡淡的白雾里;一串串银铃儿般清亮的笑声,也像露珠、像珍珠一样,撒在了青翠的茶树间。不一会儿,从云雾缭绕的深处,从回响着银铃儿般笑声的绿崖那边,从那些不停地移动着的桃红色、粉红色和淡绿色的春衫之间,传来了声调婉转、响遏行云的山歌声——

百丈山崖千蔸茶,
阿姐山上采新芽,
身背茶篓头戴花,
采多采少早回家,
莫叫阿母心牵挂。

二月采茶春芽新,
采完春芽绣手巾,
两边绣上茶花树,
中间绣上种茶人,
望过一春又一春。

"一听就知道,这是洋港那边的赶五句,美得很哪!"我笑着对韩队长和阿通伯说道。

"我们这个镇子地域不大,可一个乡有一个乡的方言,一座山岭有一座山岭的山歌。"韩队长说。

"说得没错,'蜈蚣岭的野麂子,不说老鸹山的泉水甜'。"

阿通伯告诉我说，"这句老话，讲的就是每个塆子都说自己的山水好，自家的山歌最好听。"

"是呀，我们这片山区，以前不也被人称作山歌和采茶戏的'戏窝子'？可惜了，如今这个好名声被辜负了。"

"这么说来，你肩上的担子还很重哟，应该想法子，早点把这个好名声恢复过来！"我望着韩队长，目光里带着几分期许，说，"乡村振兴，先得振兴文化，不是吗？"

"是呀，搞扶贫的时候，我们就常把先扶'志'和先扶'智'挂在口头上，这个道理我能不懂？这个志向的'志'和智慧的'智'，说到底，不就是文化吗？要把山歌唱起来，把采茶戏唱起来，而且还要唱得更红火些，没有年轻人，怎么行？怎么能振兴呢？所以，还得赶紧栽好满山的茶树，把早些年一茬一茬飞出去的那些山雀子、鹧鸪、画眉，再吸引回来呀！"年轻的工作队队长望了望远处连绵的山冈，说，"虽然困难不少，但总得有人去做吧。"

这样说着的时候，从远处那一层高过一层的茶梯深处，从一团揉着一团的云里雾里，又飘过来一串歌声——

喝了鲜茶谢鲜茶，
谢了鲜茶谢主家。

主家门前有口井，
井里住着金蛤蟆。
细哥细妹来打水，
打上清水煮青茶。
煮得青茶敬贵客，
喝了鲜茶谢鲜茶。
茶在云崖雾里长，
柴是月中桂树权。

歌声飘过茶山的时候，从山下也飘来了炊烟的气息，夹带着隐隐约约的饭菜香气。不用说，到了要"过中"的时辰了。幕阜山区的人们把吃午饭叫"过中"，也叫"喝中茶"。更有意思的是，这一带把烧火做饭做菜，称作"舞饭舞菜"，不知道这是怎么想出来的。

"仙女们"在茶山上采茶、唱歌，阿通婶和请来帮厨的在山下"舞饭舞菜"，也算是载歌载舞、雅俗共赏了。当然啦，就像阿通伯吩咐过的那样，满桌子的"硬菜"是少不了的。俊俏的"仙女们"个个身材袅娜是不假，但吃饭还是更欢喜吃点"硬菜"的。

这会儿，层层绿茶梯伸向山崖，在淡淡的白雾里忽隐忽现。桃红色、粉红色、淡绿色的春衫一闪一闪。劳作了一个上午的"仙女们",要下山"喝中茶"啦。

稻场上的采茶戏

※

乡音醉处,乡情深处,就没有不美的艺术,也没有不受乡亲们抬举的文化。

幕阜山区到处是高大的楠竹林,楠竹林边是一座座青翠的茶山和茶园。山乡儿女们在采茶、栽秧、砍楠竹的劳动中,喜欢唱山歌和田歌自娱自乐,彼此唱和,渐渐演化成了采茶戏。

层层茶梯和绿崖深处,你唱我应,山歌互答。这是一种清新、朴素的劳动之歌和乡土之歌,无论是唱词和曲调,都散发着山茶花和泥土的芬芳,表达着山乡儿女们诙谐乐观的生活态度和人情怡怡的美好心地。

最早的采茶戏只有小生、小旦、小丑三个角色,称为"三小戏",以唱为主,辅以简单的插科打诨式的道白。小戏的基调是抒情、清新和逗乐的。后来有了职业艺人加入,专门的采茶戏班子形成,渐渐有了完整的戏本、唱腔和表演程式,采茶戏也从茶山村野走进了县城舞台,而且也有了正式的采茶剧团。

肖冬云年龄虽小，只有十八九岁，却是采茶戏的"行家"。我在山区文化馆工作时，她经常和我搭档，一起下乡驻队采风。她去给乡镇小剧团辅导采茶戏，我去搜集幕阜山区的民间故事、歌谣和唱本，有时也帮肖冬云修改一下采茶戏本子。

幕阜山区不少塆子里，都有肖冬云的"老堡垒户"，她吃的是"百家饭"，无论走到哪个塆子里，乡亲们都会腾出最好的屋子和床铺，好让她在这里多住些日子。

不过几年，肖冬云就独当一面，足迹踏遍了山区褶皱里的每个小塆，为一些乡村小剧团排练上演了《秦香莲》《杏儿记》《大夫断案》《挖茶园》《白罗衫》《玉堂春》等十几出采茶戏。逢上春节、三月三、端阳、六月六、中秋等节日，小剧团的锣鼓一响，顷刻间传遍山山岭岭。细伢子、细妹子们兴高采烈，婆婆爹爹们也欢天喜地，牵孙抱凳，相携出门。只要小剧团一来，再偏远再寂寞的塆子，也顿时红火和"闹热"了许多。幕阜山区人把"热闹"叫作"闹热"。

东春塆子和邻近的三两个塆子，联合成立了一个采茶戏小剧团，翠云嫂是这个小剧团的"台柱子"，也是小剧团的"灵魂人物"。

本来嘛，她就是东春塆子和四周公认的最俊俏的小媳妇，再加上会唱戏，有条好嗓子，人缘也好，前塆后塆没有谁不认识翠云嫂的。怎么说呢？只要哪天小剧团要唱戏了，翠云嫂那柔美婉转的唱腔一响起，柔美又亲切的乡音，就算是内心孤独和悲苦的老人听了也顿时能有所安慰；就算是躁动不安的细伢子听了心里也立刻会安稳和平静许多；就算是正在哭闹的小伢听了瞬间也会安静下来。

翠云嫂的女儿小玉，才十五六岁，也喜欢跟着姆妈唱采茶戏。肖冬云很看好这个小姑娘。有一年，县文化馆和县剧团为各乡镇的采茶戏"新苗"办了一个培训班，小玉就是其中一名小学员。

幕阜山区的乡亲们看戏，当然也有接受道德教化和提升审美品位的成分，大多采茶戏故事里，也确实包含着"化育人心"的主题。但依我的观察，更多的时候，乡亲们图的就是一个"闹热"。台上唱的是什么戏文，演的是花旦还是小生，那并不重要。重要的是，锣鼓声一响，全塆子老老少少的欢笑声也跟着起来了，平日里邻里、妯娌和婆媳之间，还有小伢之间偶尔的别扭和不快，也都在这"闹热"的气氛中烟消云散了。也正因如此，小剧团里的演员们在台上演戏，打鼓佬在台边打锣鼓，也常常会率性而为，戏里戏外，任意进出，并不去讲究合不合规矩。

有一次，翠云嫂他们排演了现代采茶戏《沙家浜》，翠

云嫂是唱青衣的，阿庆嫂一角，非她莫属。戏台搭在一个打谷场上，附近几个塆子里的乡亲，扶老携幼，像过节一样，都赶来看戏，大人和细伢子，坐满了谷场。

可是天公有点不太作美。戏才唱了一半，远处竟有乌云正在聚集和翻卷，好像要落雨的样子。

唱到第六场《授计》时，翠云嫂在台上刚刚唱到"风声紧雨意浓天低云暗，不由人一阵阵坐立不安"，突然，雨点"啪嗒啪嗒"真的落下来了！台下的人们，少不了要慌里慌张地赶着去收拾晒场上的东西。

翠云嫂倒是不慌，只朝台边的锣鼓乐队示意了一下，锣鼓乐队马上停了下来。这时，翠云嫂在台上朝台下喊道："小玉，快回家，把晒的被子收回去！"

正在幕布后面候场的"沙奶奶"，这时也赶紧掀开幕布跑到台前，也朝着台下喊道："崽咃，快去喊你细爹帮忙，把晒场上的玉芦收回去咯！"幕阜山区人把玉米叫作"玉芦"。

台上台下，"互动"了好几分钟。有人往家里跑，去收东西；也有人匆匆拿来斗笠、蓑衣，让老人和伢子戴上、披上。

一出戏才唱了一半，哪有不接着唱下去的道理。有经验的老人仰头看了看天象，心里有数了，就仍然稳稳坐在台下，继续看戏，颇有几分"风雨不动安如山"的心理素质。

果然，台下的事情吩咐完了，"沙奶奶"赶紧退回幕布后面继续候场，"阿庆嫂"朝台边的乐队一招手，乐队接着刚才的段落，重新演奏起来，仿佛什么事也不曾发生过一样。

翠云嫂接着演唱："亲人们粮缺药尽消息又断，芦荡内怎禁得浪激水淹。他们是革命的宝贵财产，十八个人和我们骨肉相连……"

雨，一阵子就过去了。这山坳打谷场上的天空，重归晴朗。

唱戏的一直唱完了全本，看戏的也一直坐到了最后。一场演出，功德圆满；老老少少，皆大欢喜。

还有一次，是收稻子的季节。戏台搭在坳子东头的稻场上。

这一次，肖冬云给乡亲们排演的是古装戏《秦香莲》。不用说，还是翠云嫂扮演的秦香莲。小玉和另一个小姑娘分饰冬哥和春妹。

《秦香莲》算是采茶戏里的大戏，没有哪个乡亲不熟悉苦命的秦香莲和忘恩负义的陈世美的故事。因为熟悉，县剧团每次来演出，都是观众如云。有一年县剧团在邻近的江西瑞昌连演七天，场场爆满。剧团离开瑞昌那天，当地乡亲挽着装满鸡蛋、鸭蛋和油面的篮子夹道相送，依依不舍。

因为正是夏收忙忙的时节，大家都在抢收稻子，说好晚上七点钟开演的，到了七点半，台下还没有坐满。锣鼓敲了

一阵又一阵，打鼓佬把手都敲酸了，台下还是只有一些打打闹闹的细伢子。

"乡里人，时间观念就是这样子。"肖冬云好像有点尴尬，朝我笑笑说，"天不黑透，是开不了演的，我早就习惯了。"我也笑笑说："没有关系，入乡随俗嘛！"

一直过了八点钟，天黑透了，山尖尖上挑起了月亮，化好装的演员，一边啃着煮玉芦，一边陆陆续续到位了。

这时候，白天里就牵引好了电线，架在戏台四周的几盏大照明灯，把稻场和四周的田畈照得通亮。戏台前面，晃满了叽叽喳喳的细伢子们的小脑袋，有的小光头跟电灯泡一样，锃光瓦亮。有的老婆婆，连小孙孙的摇箩也一起端来了。婆婆们挥着蒲扇，给细伢子们赶着飞虫。

再一看，一堆细伢子中间，还坐着一位白胡子老人。肖冬云拉着我过去，恭恭敬敬地介绍说："这是塆子里年纪最大、辈分最高的太公，我们都叫'九公'。"

"九公，您老好啊！"我连忙也恭敬地上前问安，笑着说道，"九公啊，您老不驾到，采茶戏开不了场啊！"

九公笑着捋了捋白胡子，开心地发出了在幕阜山区保存至今的一些古老的文言感叹："嚱，好矣，好矣哉！晚些开演，包大人要把铡刀磨磨快咯！"

这块大稻场，就是九公家的。老人家开心和自豪得很，几个淘气的小伢像小猴攀树一样，缠绕在他的膝下和身后。

一阵急急风的锣鼓点再次响起来。这是真正的乡村锣鼓，听起来，四面山间都有回声。

在大人们和细伢子的欢呼声中，台上的幕布徐徐拉开。演员暂时还不会出场，照例先笑嘻嘻地走出一个裤腿挽到膝盖下的中年汉子。他是这个塆子的村支书。坐在我前头的一个小丫一见那汉子，高兴地站起来大喊："爷哎——"

台下的人们一阵大笑。村支书搔了搔头皮，端着包了红绸布的麦克风，照例先要发表一番讲话。先是一堆我听不大明白的方言叹词；然后是各家的薯秧须在端午节前插完；然后是谁家订购的油毛毡什么的几时可以到货；然后是谁家的伢子掏了塆子东头的鸦鹊窝，家长要严加管教……最后，支书嘿嘿笑笑，"卑躬屈膝"地向台下问道："九公，可以开始了吧？"

九公白胡子一点："好矣，开始！"

于是，噼噼啪啪，鞭炮响起来。这里唱戏，开演前有放鞭炮欢庆的习俗。鞭炮响了，咚咚锵锵，锣鼓再起，合上的幕布重新拉开，这戏才算正式开演，花花绿绿的青衣、花旦、小生、丑角，便开始鱼贯登场了……

采茶戏多半是村野小戏，故事简单明快，角色不多，人物也大都是员外、秀才、小姐、丫鬟、寡妇、酒保、媒婆什么的。相比之下，《秦香莲》已经算是一出大戏了。虽然也有秦香莲这样的民女和两个伢子的角色，但还有国太、驸马、公主等形象。翠云嫂把秦香莲的苦情，唱得如泣如诉，不时引起台下的爹爹婆婆们的阵阵唏嘘。

"还真是可以啊，冬云，像模像样的一出大戏呀！"我小声对冬云说，"翠云嫂演得真投入，如泣如诉啊！"

"就是戏本子有点太长了，估计不演到半夜转点，演员是下不了台的。"冬云苦笑着说。

"为什么要演这么长？就算台上的人吃得消，台下的人恐怕也坐不住哦！"

"乡亲们时间观念差，反正是图个闹热。"冬云说，"演到一半，再放几挂鞭炮，送一下'腰台'，歇息一下，再接着演，也就不觉得有多么长了。"冬云常年给小剧团排戏，如鱼在水。

通常，秦香莲的故事都是从店家上场开始，三言两语交代一下陈世美进京赶考中了状元，不顾家中已有妻儿老小，当了驸马。接着就是秦香莲拉着一双儿女冬哥和春妹上场，从店家口里得知实情，然后进京找人……直到忘恩负义的陈世美受到应有的惩处。要演完这些情节，至少也得两个半小

时吧？

可是，翠云嫂他们演的这出《秦香莲》，是从陈世美在老家苦读、一心想考取功名开始，再演到善良、贤惠的秦香莲披星戴月操持家务，悉心照顾公公婆婆和一双幼小的儿女，好让丈夫安心进京应试；然后再演到陈世美金榜题名被招为驸马。这时候，依照人之常情，陈世美还有翻来覆去的一番"思想斗争"……

"我的天，是有点长啊！"戏看到这里时，我看了一下手表，小声对冬云说，"秦香莲还没到京城呢，这就个把小时过去了。"

"是呀，初一数到十五，一天都没有抛洒。"冬云笑笑说，"肥水不流外人田嘛！"

不过，台下的老老少少倒是瞪大了眼睛，个个都看得津津有味、如痴如醉的。

只是，乡村的夜晚深了，明亮的灯光就会招引来满畈的蚊虫和虻子，惹得看戏人得不停地挥动蒲扇、汗巾什么的。

演到王丞相痛快淋漓地把忘恩负义的陈世美好一番痛斥之后，台下突然有人噼里啪啦地放起了鞭炮。

"到'送腰台'的时候了。"冬云告诉我说。

"送腰台"，也叫"送幺台"。采茶戏班子跟别的剧种的戏班子一样，不知从什么年月起，保留下一个传统，就是戏唱到一半时，"主家"担心唱戏的力气不够了、肚子饿了、嘴巴渴了，就会选在合适的节骨眼上，暂停一下演出，给台上的演员和打鼓佬们送点吃的喝的，犒劳一下，当地方言叫"接过腰"。

据说，早年间的"送腰台"是十分讲究的，都是大户人家或邀请戏班子的"主家"出钱，提前置办好一封一封的点心、水果，还有蒸熟的鱼、肉和点上了红点点的麦粑（馍馍）什么的，一样一样地摆在托盘或浅一点的箩筛里，再从垸子里选出几位长得俊美的细伢子和细妹子，到时恭恭敬敬地托到台前，举过头顶，以示隆重和吉祥。站在台上的演员们，或凤冠霞帔，或穿龙袍、扎蟒带，反正是尽量要"盛装"前来迎接，接过之后，还要由左至右朝着台下一拜、再拜、三拜，表达感谢。

现在，"送腰台"的人，除了出面张罗和邀请戏班子的大户人家或"主家"，一般的热心村民也可以事先准备好一些八宝粥、洗得干干净净的水果和牛奶等，当然，也有事先包好几个红包的，到时候也热热闹闹地送到台前去。这样，台上演戏、打鼓的人高兴，台下看戏的人也觉得体面，脸上有光。

"送腰台"的全过程，都会伴着噼里啪啦的鞭炮声和欢

快的锣鼓声。台上台下这一阵"互动",不仅把一场演出推向了一个小高潮,也算是一次中场休息吧。唱累了的,可以稍微缓口气;看累了、想困觉的,尤其是老人和细伢子们,这时候正好重新抖擞起精神,接着再往下看。

一直演到铁面无私的包公,摘下乌纱帽,喝令"开铡"时,台下再次响起噼里啪啦的鞭炮声——这一次,估计是把剩下的所有鞭炮都点上了,鞭炮震天响,人心大快,这一场戏,无论是台上台下,都算功德圆满了!

我抬起手腕一看表,果然正像冬云说的一样,快到半夜12点了。

"放这么多鞭炮,是事先特意组织的吧?"趁着几位村民在帮着拆台子的工夫,我问村支书。

"用不着组织,用不着组织,家家户户积极得很咯!"支书笑着说,"我发誓,都是乡亲们自发的,不信你问细妹子嘛!"

冬云说:"爹爹婆婆们看得高兴了,不习惯给演员们拍巴掌,放几挂鞭炮,表达的就是'叫好'的意思。"

"我的个天!足足演了三个多钟点,乡亲们不会嫌长?"

"不嫌长,不嫌长。"支书一边帮着拆台子、搬道具箱子,一边对我说,"乡里人,夜分没得什么好做的,看戏,算是最闹热的事咯,三个多钟点,一点也不嫌长。"

演出结束后,支书、冬云带着我,陪着所有演职人员,涌到翠云嫂家里吃夜宵。

演员们都已经麻利地卸了装。翠云嫂在忙着给大伙弄吃的。

"翠云嫂,祝贺你们呀,演得真不赖,快赶上县剧团的水平啦!"我一边夸赞,一边询问,"是谁演的公主?扮相好美啊!"

"喏,'公主'正在灶脚烧火。"翠云嫂指着坐在灶脚下添柴烧火的一个大嫂说,"她是柯家贵的堂客,春娥。"

"是春娥嫂演的?这真是……"我吃惊地笑起来说,"真是太神奇了!春娥嫂,让你这么美、这么娇贵的'公主'给大家烧火做饭,太……太委屈你啦!"

灶膛里闪出的火光,映照着春娥嫂沾了些柴草灰的脸庞。说实话,卸了装的春娥嫂,与刚才站在台上的美艳的公主,实在是判若两人。

我在心里暗暗诧异:一个坐在灶台前烧火的村姑,在日常生活中衣着朴素,貌不惊人,一旦戏衣穿上,装扮上,怎么一下子会变得那么娇美、那么雍容华贵呢?

后来,肖冬云和翠云嫂让我帮着把《秦香莲》删减一下长度。我说:"前头的陈世美在家用功那一段,可以扔掉不要,反正乡亲们都晓得是怎么一回事。"

"有道理。"翠云嫂说,"光那一段就得演半个钟点。"

"后面的呢?"我故意问道。

"后面的……一波三折的,都是合情合理的。"翠云嫂说,"陈世美当了驸马,不认香莲和一双儿女了,光演到这里,还不够定他死罪的。"

"对咯,这仅仅就是个'重婚罪'咯!多骂他几声,叫他抬不起头来,也就够了。"春娥嫂附和着说。

"所以,后面杀妻灭子的戏份就不能少,有了故意杀人、丧尽天良这些戏,陈世美就稳稳地够得上死罪了,包公铡他,就铡得一点也不冤枉他!"凭翠云嫂这分析能力,不去编戏本,真是可惜了。

"那要是把韩义士中止犯罪这一场去掉呢?"我试探着问。

"这怕也不行,你想哦,没有这一场,老百姓痛恨陈世美的程度,会不会差把火?"

真是"实践出真知"呀!翠云嫂、春娥嫂讲得都很有道理。谁说采茶戏只是生长在山野上的一朵山茶花、一朵映山红?

不,乡音醉处,乡情深处,就没有不美的艺术,也没有不受乡亲们抬举的文化。翠云嫂、春娥嫂她们的演出,给我好好地"上了一课"。

红菊与红菱

*

"好,好啊!你们都是一些好孩子啊!"

红菊是一个农村小姑娘,人如其名,她给我的最初印象,正像是盛开在山野溪流边的一朵小野菊,清新、朴素,虽是初涉尘世,却是那么自信和执着,向世界散发着自己淡淡的清香。

我认识她的时候,她还只有十七八岁的样子,刚从大别山区老家来到武汉,在东湖边黄鹂路上的一个小理发店里给客人洗头,当小学徒。这个理发店,是她同村里的一个亲戚杨师傅开的,店里有好几个和她差不多大的细哥、细妹,他们都是同一个塆子的,他们都叫她"红菊姐"。

那时候,我也还不到三十岁,刚到武汉工作不久,住在黄鹂路附近的一个小区里。因为时常到红菊所在的那个理发店理发,两三次之后,就跟红菊熟识了。

后来每次去理发,都是红菊抢着给我洗头、吹头发,有

时一边洗头，她还一边给我聊一点她家乡的事情。这个小姑娘待人热情，在店里也很勤快，手脚麻利。客人多的时候，她就不停地给人洗头、吹头发；空闲的时候，她就默默地站在一边，仔细观察师傅给人理发、美发的手法。

不到一年的工夫吧，红菊就把理发的手艺学到了手，杨师傅也允许她执掌理发推子，给客人理发了。

红菊"出师"后，我每次去理发，就再也不用总劳杨师傅大驾了，都是由红菊给我修剪。

记得刚开始时，红菊还有点不自信，怕给我理不好，所以每一推子、每一剪子，都是小心翼翼的。

我鼓励她说："红菊，用不着这么拘谨，像'蚕食'一样，你下手狠一点没关系，大不了剃成一个光头呗！"

红菊羞怯地说："那怎么可以，叔叔是大知识分子，看您平时穿衣服都那么讲究，我要尽量给您修剪得完美一点嘛！"

谁能想到，这一修剪，不知不觉，就是三十年。

仔细想了一下，三十年来，除了这个理发店，除了红菊，我竟然一次也不曾在别的理发店理过发。可见我的恋旧之心有多重，对自己熟悉的环境，有着怎样深的依赖。

红菊先是学会了给男性顾客理发。不同年龄的顾客，发型自然是各不一样的。红菊用了一两年的时间，就很快掌握了十来种不同的男性发型的修剪方法。

后来，凭着自己的勤奋好学和心灵手巧，红菊又学会了多种为女性顾客卷发和修剪发型的手艺。没过几年，她就成了这个理发店的"当家师"。教红菊手艺的杨师傅，干脆把自己的位置也"让"了出来，放心地交给了她，甚至还让她带起了徒弟。

在理发店里给客人洗头、端茶、递送毛巾、干些杂活儿的小学徒们，那些从乡村来的男孩子、女孩子，每过一两年，就会换一些新的面孔。每一个新来的细哥、细妹，跑前跑后的，无一例外都是"红菊姐""红菊姐"地叫着。

红菊告诉我说，这些细哥、细妹，有的是她那个塆子的，有的是老家附近塆子的。他们都不愿意在家里待，非要出来不可。有的去广东中山、浙江温州等地打过工，到了那里想家，就又跑回来了。店里每次有人回塆子，总是有人缠着要跟着来。可是理发店就这么大，哪里容得下那么多人！

我问红菊："以前的那些细妹子呢？不是都做得好好的吗？"

"翅膀硬了，'飞'走了。"红菊说，"有的学到了一点手艺，自己找到了大一点的美发店，那里工资也会高一点；有的在这里吃不了苦，出去找别的工作去了；还有的是让家人喊回去，回家帮着插秧去了。"

是啊，这一茬一茬的，在人们的匆忙和忽略中，就不知不觉地长大了的山区少年，多像是一小群一小群乡间椋鸟，一到春天，就纷纷"飞"出了自己的小垮，"飞"到了一些陌生的城市的角落里，去寻找各自的生活和前程。到了农忙时节，他们有的还会记得，要返回家乡去春播、夏种和秋收……这些少年，一定也像椋鸟一样，早早体会到了人世间的冷暖和生存艰辛。

有一次我又去理发时，看见店里新来了一个面容清秀的小姑娘，正在学着给客人洗头。小姑娘的模样，和当年我初次见到的红菊十分相像。

红菊说："这是我妹妹，她叫红菱，书念得不好，念不下去了，也不愿在家里待了。"

"难怪你们这么像呢，原来是亲姐妹。"我笑着说，"红菊，红菱，你们姐妹俩名字都很美，谁给起的？"

"我爸给起的，他说是从《镜花缘》里给找的名字。"

如果说，红菊像一朵清新、朴素的野菊，那么，红菱真像是夏日荷塘里亭亭玉立、含苞待放的一朵纯美的菱花。看上去，红菱还带着那么一点山村小女生的羞涩和腼腆。

因为红菱长得俊美，不久，就有一些年龄相仿的男孩子，有事没事地到理发店里来跟她搭讪。

有一次，红菊正在给我修剪头发，红菱在给另一位客人洗头，一个看上去还比较阳光的送外卖的小哥，在店里磨磨蹭蹭的，跟红菱找话说。

　　红菊只是暗自发笑，没做什么干涉。我也正好乐得听着他们有一搭没一搭地交谈。

　　小哥问她："你吃饭了没，小妹？"

　　红菱答："还没，不饿，不想吃。"

　　小哥说："怎么能不吃饭？干吗不点个外卖，我给你送来。"

　　红菱答："你们那里的外卖太贵了，吃不起。"

　　小哥说："哪里贵了，都是这个价，你可以点个便宜的嘛！"

　　红菱说："肯定是你今天任务没完成吧？"

　　小哥好像一下被红菱识破了，有点愧疚地笑着说："嘿嘿，还差几个点餐，你点一个嘛！"

　　红菱说："好吧，就点个三元钱的。"

　　小哥乐呵呵地耍着贫嘴说："好嘞，保证风驰电掣给你送来。"

　　红菱也娇嗔地回敬说："快走吧你。"

　　只见外卖小哥风一般地"飞"走了。我跟红菱打趣说："哟，红菱，小伙子看上去不错嘛，好像对你蛮有那个意思的。"

红菱说:"我才不稀罕呢,一点志向都没有!"

红菊挖苦她说:"还好意思说人家,就你有志向!"

大约不到一年吧,我再去理发店时,不见了红菱的人影儿。我问红菊:"你妹妹红菱呢?"

"叫那个送外卖的拐跑了。"旁边一个男孩子口吻好像有点酸酸地说道。

"咋回事呢?"

红菊笑着说:"那个小哥不送外卖了,家里人给他投资,他自己开了一家'襄阳牛肉面馆',他是襄阳人,从老家请来一个掌厨的,面馆生意做得还挺红火的,红菱到他那里帮忙管账去了。"

"那她和那个小伙子……"

"蛤蟆看绿豆——看对了眼儿呗!"还是那个男孩子,又抢着回答说。

红菊白了他一眼:"自己争不赢人家,现在酸溜溜地怪别个了!"

红菱去的那个襄阳牛肉面馆,离黄鹂路也不远,不久我就特意去吃了一次。果然看见红菱在那里忙前忙后的,俨然一个小老板娘的感觉了。

看见我来了,红菱很高兴,为我要了一大碗牛肉面,还叮嘱我说，吃襄阳牛肉面，一定要搭配着吃几瓣生大蒜，襄阳人都这么吃。

没有看见那个小伙子，我问红菱："你男朋友呢？"

红菱笑着说："给人送外卖送习惯了，人家点了几份牛肉面，要求送到公司里去，他刚刚骑车给人送去了，一会儿就回来。"

牛肉面的味道真是不错。我吃了几口就有点冒汗了。

红菱忙碌着招呼着客人，光洁的额头上，闪着亮晶晶的汗珠儿。但她看上去是那么得心应手、应对自如，正在享受着这份小小的创业的辛苦与快乐。

"叔叔，您觉得咋样？牛肉面味道好不好？"

"好，好啊！你们都是一些好孩子啊！"我像一个父亲疼爱地赞美自己的亲生女儿一样，由衷地赞美道。

是的，幸福无论大小，都是依靠自己的双手，依靠自己一点一滴地吃苦和努力，才能奋斗和创造出来。红菱是这样，红菊也是这样。

三十年过去了，红菊已从当年那个只会洗头、吹头的细妹子，变成了店里的理发师和美发师，而且有了自己稳定和富足的小家，已经是两个孩子的妈妈了。现在她的大孩子，都快要小学毕业了。

一到农忙的时候，红菊还会回到老家，帮着干些农事。过年回家时也没闲着，村里的妇女们央求着她，让她教她们跳广场舞。

红菊笑着跟我说："塆子里会跳广场舞的妇女，都是我手把手教出来的呢！有时候还要帮着村主任召集她们，练习舞龙。"

"红菊，你可真是你们塆子里飞出的一只金凤凰啊！"我由衷地赞美她说，"有知识、有见识，就是好哇！"

红菊的丈夫，也是她在理发店里认识的。他家是黄鹂路附近的那个"城中村"的，十几年前因为"城中村"改造，红菊刚过门不久，就分到了好几处"还建房"。后来，红菊把这些房子都租了出去，光是房租，每月就可以收入不老少。

我跟红菊开玩笑说："红菊，你现在变成'土豪'了！"

"哪里，算我运气还比较好吧。"红菊淡淡一笑说。

红菊和红菱这一代年轻人，从山区、农村进入城市，虽然是生活在城市的底层和角落里，但是他们没有虚度自己的年华。因为他们的脚步走得踏实，所以他们不仅分担了这个时代的风霜和艰辛，也分享了变革的时代给每个人带来的进步和收获。

"叔叔，我和孩子们，是读着您写的儿童书长大的呢。"

有一天，红菊一边给我理发一边说。

我对她说:"谢谢你,红菊,你给我理了三十年的发,你注意到没有,你是在一次次给我理发时,亲眼看着我慢慢变老的。"

戏曲里有这样一句唱词:"老了老了真老了,十八年老了我王宝钏。"何况是三十年呢!我满头的黑发已经变灰,曾经那么茂密的头发,也变得稀疏了。

但是,最让我感慨的,不是我自己变老。我从红菊与红菱她们身上,看到了这个时代的一个侧面、一些投影,看到了这个时代为这一代农村孩子所带来的人生和命运的改变。

年少时读过一篇小说,我一直记得小说结尾的一句话:人哪,无论处于怎样的境遇中,总不由得你不爱什么人或什么事物的。

没有错,无论生活有多少艰难和不如意,真正能够让我们感到踏实、幸福和快乐的事情,还是我们珍爱生活、珍惜每一个早晨,并且对未来的日子永远怀有信心和希望。

祝愿红菊和红菱这对姐妹,还有那些来自山区、乡村小坞的年轻人,在我们日新月异的城市里,生活得更快乐一些、更幸福一些。

农家书屋的灯光

※

农家书屋的灯光,是照耀着山塆人家的希望之光……

有一年春天,正是小山村的梨花和杏花盛开的时节,我在湘鄂赣交界的幕阜山区采风时,看到一个小塆子里的一座农家书屋门口,贴着这样一副对联:

二月杏花八月桂
三更灯火五更鸡

那一瞬间,我的心中感到无比温暖和激动。我猜想,写这副对联的人,一定是山塆里一位有点学问的老先生。因为这副对联不仅字面上很美,还很励志。前一句赞美了小山村春日和秋天的自然景色,让人顿时产生对自己美丽家乡的热爱之情;后一句描写了小山村日出而作的平静生活,同时也在勉励那些经常来书屋读书的大人和小孩们:如果你真心地喜欢读书，就应该像三更的灯火、五更的鸡鸣一样，"一年之计在于春，一日之计在于晨"嘛！

这副对联也让我想到，那些星星点点的仿佛童话小屋一样散落在乡村、小镇上，甚至是草原深处和偏僻深山里的小小书屋，不也像二月杏花、八月桂花一样，每天在散发着淡淡的书香？不也像三更灯火一样，为农家人送来知识和文明的光亮与希望？不也像五更鸡鸣一样，激励着一代代乡村孩子，与每天的晨星与晨曦一起，早早醒来，振作精神，与书为友，拥抱知识，去迎接每天升起的太阳吗？

在祖国辽阔的乡村大地上，目前已经建起了约60万座农家书屋。这些书屋有的大一点，有的小一点；有的漂亮一些，有的还比较简易，暂时坐落在书屋管理员的家中。但是，每一座书屋，都有自己独特的故事；每一座书屋，都有自己不平凡的成长经历。

这些书屋的美与魅力，往往不是因为它们的大，恰恰是因为它们的小；也不是因为它们有多么华丽、高雅和阔气，恰恰是因为它们的简朴、安静、接地气，是因为它们与农家人、农家娃心贴着心、"大手拉小手"的那种亲近。

长江万里，奔向辽阔海洋；青峰千仞，阅尽天地苍黄。大江不择细流，所以能够浩荡万里；高山不让息壤，方有层

峦叠嶂。

我们从这些农家书屋里，看到了人类智慧和文明的灯火对正在成长中的山村孩子的吸引与引导，看到了一代代农家人、农家娃与小小书屋的那些"美丽的约定"——其实就是对人类最新的科学文明成果的拥抱、对美好生活的梦想与向往。

是的，没有任何大船，能像书本一样，载着孩子们去大海远航；也没有任何骏马，能像奔腾的诗行，把孩子们带向梦想的国度，带向美丽的远方……

一座座灯火明亮的小小书屋，照彻蒙昧，开启新知，让孩子们的黑眼睛，变得更美、更亮；展开阅读的翅膀，孩子们的视野，将比天空高远、比海洋辽阔、比草原宽广；进入阅读的世界，孩子们听到了真善美的呼唤、穿越古今的回响，接受了千百年来那些伟大精神的洗礼。没有什么比阅读，能让他们的心变得更明亮、更真实、更博大；也没有什么比阅读，能让他们飞得更远、更高、更有力量。

有了小小书屋，孩子们穿越了古今中外，小小的心儿遨游在美丽的远方；有了小小书屋，孩子们的想象力获得了飞翔的翅膀，飞越了黄河、长江、恒河、尼罗河和密西西比河，突破了地域、民族、文化、语言和肤色的障碍，跨越了印度洋、大西洋、北冰洋和浩瀚无边的太平洋！

小小的农家书屋，是播撒在大地上的书香、梦想和希望的种子，是滋润着孩子们心灵荒野的涓涓细流，是照耀着阅读之花开遍城乡的温暖阳光！

每一座书屋的管理员，都是心怀梦想的"点灯人"，是风雨无阻的"摆渡者"。有了他们，书屋里就有明亮的灯火；有了他们，孩子们的童年里就有了划向知识海洋的小船，就有了通向文明世界的桥梁！书屋管理员还是传播书香的"领读者"，赠人玫瑰，手有余香。分享阅读体会，扩大阅读影响；拓展阅读平台，凝聚阅读力量；讲好读书故事，引领阅读风尚……这也是他们最美丽的梦想。

星星之火，可以燎原；涓涓细流，汇成长江。

习近平总书记在中国文联十大、中国作协九大开幕式上的讲话中说："今天，在我国960多万平方公里的大地上，13亿多人民正上演着波澜壮阔的活剧，国家蓬勃发展，家庭酸甜苦辣，百姓欢乐忧伤，构成了气象万千的生活景象，充满着感人肺腑的故事，洋溢着激昂跳动的乐章，展现出色彩斑斓的画面。"

是的，在祖国辽阔的山乡田野间，每一个孩子，也都是我们的宝贝，一个都不能少！

祝福你们，山乡和田野的孩子们。

哪里有你们，哪里就有朗朗的读书声。哪里有你们，哪里就有阅读的灯火在闪亮。

祝福你们，星罗棋布的小小书屋。

"是谁传下这诗人的行业，黄昏里挂起一盏灯？"这是著名诗人郑愁予先生的名句。把诗中的"诗人的行业"换成"书屋"，也是多么恰当。

农家书屋的灯光，是照耀着山坳人家的希望之光，也是人世间最美的文明的灯火。愿小小书屋散发出的芬芳书香和小橘灯般的光芒，永远熏染和照耀在乡村、田野、山坳、小镇的每一个角落。

山村七月槿花开

*

据说，七月槿花的花语，就是淳朴、美丽、永恒。

正是"明月青山夜，高天白露秋"的七夕时节，我回到幕阜山区，参加一位山村女儿的婚典。

故乡的七夕，又叫"乞巧节"，有的地方也叫"女儿节"或"少女节"。传说七夕的夜晚，是勤劳忠厚的牛郎和美丽善良的织女一年一度相会的时刻。小时候生活在山村里，七月的夜空总是那么晴朗透明，真的像杜牧的诗所描写的情景："天阶夜色凉如水，卧看牵牛织女星。"那时候每逢七夕之夜，仰望灿烂的星空，祖母就会指给我看，在明亮的织女星东南边，有四颗围成梭子形的小星。祖母说，那是喜欢绣织的织女来不及放下的织布梭子。在牵牛星的前后，也各有一颗暗淡的小星时隐时现，那是牛郎和织女的两个可怜的孩子，牛郎用箩筐挑着他们，在追赶被王母娘娘用银簪划出的天河隔在对岸的织女。他们这一家人的不幸遭遇，得到了喜鹊们的同情和帮助。每年七夕这天,喜鹊们就会相约着从人间飞向九天,搭起一座鹊桥,让牛郎织女一家在鹊桥上相会一次。这就是宋代词人秦观那首《鹊桥仙》里写到的情景:"纤云弄巧,飞星传恨,银汉迢迢暗度。金风玉露一相逢,便胜却人间无数。"传说此夜更深人静的时候,如果凝神静听,就会听见从天河上传来的幽幽低诉的声音。这是牛郎带着两个孩子和织女团圆的时刻。到五更时分,他们就又得含泪分别了。

美丽的传说留下了美丽的忧伤,天上人间,代代相传。后来每逢七夕,我总会心事重重地在星空下坐到后半夜,总希望能听到从天河那边传来的幽幽低诉的声音。夏夜乘凉时,有时候也这样期待过。祖母还告诉过我们,七夕这天,不论在哪处村庄和山野,都不会看见喜鹊的,因为它们都相约着飞到天上搭鹊桥去了。这也使我从小就对喜鹊这种鸟儿怀有好感和敬意。

织女不仅心地善良,而且心灵手巧,不仅能凭一双巧手织出细密的锦缎,还乐于把最好的纺织和刺绣手艺教给农家女儿,所以老人们还说,七夕之夜,女孩子们如果在天井里摆上香案、供上瓜果,再用七根丝线和七支绣花针,坐在月光下穿针引线,就会从善织的织女那里乞得心灵手巧。谁的针穿得越多越快，谁乞得的巧手艺就会越多。不仅小姑娘小媳妇们呢，就是上学念书的小学生们，如果此夜手持纸笔，谦恭诚实地在月光下揖拜乞求，也会乞得灵性和聪颖。就是因为这样，我们小时候对"七夕乞巧"这个习俗，总是认真对待，做得郑重其事，从来不敢有丝毫怠慢。可不是嘛！谁愿意让自己成为一个手脚笨拙、心灵愚钝的人呢？

在老家过七夕，还有分吃"巧巧面"的习俗。那也是乞巧的一种方式。从七夕这天早晨开始，村里的小姑娘、小媳妇和小学生们，三五个人组合成一伙，每人端着一个小瓢，满脸含笑地挨家挨户去"乞讨"来一些白面、花生、瓜果，然后聚集到一个主办者家里，或者一棵老槐树下、一间打扫得干干净净的碾坊里。大家分头把做好的各种简易的面食摆在台子上或盘碗里。一切准备停当了，天也黑了，星星和月亮也升起来了。这时，每个人就轮流对着天上的星星和月亮默默礼拜，许下自己的愿望。做完了礼拜，大家便开始这顿"自助"的聚餐会了。谈天说地，且歌且乐，气氛融融，人情怡怡。各自的心事寄予了朗朗星月，美好的心愿藏在真纯的心间，天上地下，心心相通，即使是在艰辛和贫穷的年月里，大家的心中也充满了欢乐与梦想。乡情似水，佳期如梦；春花秋月，万古相通。真是几多清欢与乡愁，年年总在此宵中。忆故乡，

忆童年，能不忆七夕？故乡的七夕，也让我想起了流沙河吟咏蟋蟀声里的乡愁的诗句："凝成水，是露珠；燃成光，是萤火；变成鸟，是鹧鸪，啼叫在乡愁者的心窝……中国人有中国人的心态，中国人有中国人的耳朵。"

此时此刻，山风静了，山雀栖了，月亮升上东山了；此时此刻，白露悄悄起了，牵牛织女星也亮了，一根根红蜡烛被点燃了。有谁知道，这一个沁凉如水的七夕之夜，对于那些山村小姐妹来说，会是一个怎样既热闹又抒情的时刻，一个一生中也许只有一次的"哭嫁之夜"！这又是一种多么美好的风俗！一位小姐妹明天就要出嫁了，全村里的其他小姐妹便在今夜热热闹闹地聚在一起，陪坐、陪睡、陪哭抒怀。不仅小姐妹们相互之间会开怀大哭，而且母亲哭女儿、女儿哭母亲，父亲、兄弟、姐妹都可以歌哭相诉，这叫"喜哭"呢，有几多热热闹闹，又有几多依依不舍……

阿通伯是我过去在山区工作时的一位老房东。此刻，我和满面喜气的阿通伯坐在火灶边，一边听着堂屋里小姑娘们的嬉闹声，一边看着他把那炖肉的火拨弄得旺旺的，这叫"红红火火"。阿通伯的幺女阿枝，是全村人都疼爱的小姑娘，此时正被一群打扮得漂漂亮亮的小姐妹围坐在堂屋中间，红红的烛光，还有那些无处不在的大红喜字，把阿枝的脸蛋儿映成一朵红山茶，红山茶四周又宛如开满了木槿花。屋门口拥挤着的那些乞巧归来的小学生们，纷纷抖落着那充满好奇和满足的欢笑声，有的还咧着那缺着门牙的大嘴……晚风习习的院子里，坐满了一边喝着香茶，一边吃着瓜果，又一边谈着今秋即将迎来的好收成的邻里乡亲……

也许是想到了大女儿、二女儿出嫁时的节俭与寒碜，眼前又是明天就要生生离开自己的幺女儿，刚才还在里里外外地大声地张罗着，大把大把往八仙桌上撒着花生、栗子和糖果的阿通婶，突然间就进入了"哭嫁"的情境，率先扯开嗓门儿哭开了。是呀，女儿们都是自己在艰辛的日子里用呵斥、用巴掌，甚至用挑猪草的竹扁担和打板栗的竹篮子养大的。这些年来日子刚刚顺心了，孩子们一个个都要离开这个家了……想一想怎能不伤感呢！"呜……崽哎……心肝哟……我崽做女受尽了苦啊，冇把你做个女伢看啦……"阿通婶用的可是山村里的"花腔女高音"，一声声的哭诉催人泪下。那些迟早都要出嫁、都会离开自己亲爹娘的小姐妹，一个个听着听着，泪泉便再也堵不住了。于是，悠悠的哭嫁之声就像幕后的合唱声，渐渐升起，也渐渐趋向了整齐……她们一个个其实都在趁机歌哭着自己隐秘的心事呢，歌哭着自己和阿枝二十多年来的姐妹情谊，歌哭着自己那不久的一天也将

出嫁的时刻，尤其是哭诉着各自与娘家人的难离难舍，再也无法报答的恩情。

我仔细分辨着这哭嫁的歌声："……上身穿件花布褂吔，下身穿件花布裙。妈哟！一向给我做得如如意意，我妈操碎了心吔……"听听，多么朴素、多么真诚的心声啊！哦，哭吧，哭吧，开怀地哭吧！这些淳朴的山村少女也许还不知道，她们今夜还将哭出一个就要做娘的女儿来。

憨厚的阿通伯又给客人们殷勤地续了一遍茶水，什么时候也开始坐在院子一角，狠劲地抖着自己的双肩啦！他仿佛在一瞬间变得老了许多。我于是想到，在我们这些曾经何其艰难和偏远的山村里，做爹的也实在更不容易呀！

阿枝也在呜呜地哭。当小姐妹们的哭声渐渐告一段落了，她那甜甜柔柔、颤颤悠悠的哭声还在继续："……妈哟，别人嫁女踩煞了路边草，我母嫁女哭煞路边人哟……我到人家去一定听娘的话，要跟我娘争口气哟……"歌哭声里真的是充满了即将离家的歉意与谢意。

我在想象着，这些平日里虽爱傻疯却又羞怯的女孩子，她们是什么时候，又是怎样学会的这些哭嫁的习俗呢？这可是我们山区一种古老的文化习俗呢！我知道，她们已截然不同于她们的母亲那一辈人了。难道我没有感觉到，她们那自由发挥着的哭嫁声里,早已掺和进了几分流行歌曲的旋律吗?她们都是这块艰辛的土地好不容易养大的好女儿。她们更是这个正在走向新的岁月、新的生活的山区的未来的母亲。我们这个山区的新一代孩子,将从她们的怀中孕育……当我这样想着的时候,堂屋里又传来女孩子们一阵阵脆生生的、咯咯的笑声了。那爽朗的笑声,好像要把这七夕之夜的山村四周所有的星星都点亮,把整个幕阜山区的夜晚给闹成白天一样。

在古老的传说中,天上佳期称七夕,人间好景是秋光。有什么法子呢,年轻人的日子,顺心的日子,也许就是这样,原本是哭嫁的夜晚,现在又轮到她们笑了,为什么不开怀地笑呢!

坐在山村朗朗的月光下,坐在夜风吹过来的稻花香和槿花香里,我的心也是醉了。年年七夕来过,年年木槿花开。据说,七月槿花的花语,就是淳朴、美丽、永恒。我深深地祈祝乡亲们和山村新一代人的日子过得更美好、更富足一些。

嘉鱼挖藕人

*

"根是泥中玉,心承露下珠。在君塘下种,埋没任春蒲。"

接连下了两三场秋雨,驱走了藏在江南人家的最后一丝暑热,天气总算是凉了下来。原本满湖满塘的荷叶,渐渐变得零落和枯黄,野鸭、豆雁、苍鹭、水葫芦一类的游禽与涉禽,也许都知道,稀疏的残荷一天比一天藏不住它们了,所以纷纷开始梳整翅羽,准备朝着更远的南方迁徙。陆游《秋兴》里的"千点荷声先报雨,一林竹影剩分凉",描写的大致就是这个时节吧?

晚荷人不摘,留取作秋香。莲荷已空,犹有鲜嫩而低调的藕根,正在泥下生长。大自然恩赐给人间的东西,总有合适的季节让它成熟、壮大。这时候,迫不及待的挖藕人,也开始做着下湖采藕的准备了……

湖北素有"千湖之省"的美誉,以"星罗棋布"来形容这些湖泊,实在不算夸张,而是写实之语。《诗经·小雅》

里有一首描写水乡宴乐的诗篇《南有嘉鱼》："南有嘉鱼，烝然罩罩。……南有嘉鱼，烝然汕汕。""烝然"是众多的意思；"罩罩""汕汕"皆是描写鱼儿们在水中摇头摆尾的游动之貌。这两句诗是说：南方多的是鲜肥的鱼儿，成群的鱼儿在江河里游来游去。地处长江南岸的鄂南嘉鱼县，就是因这首《南有嘉鱼》而得名。

在地理上，嘉鱼县属于古云梦泽中的"梦泽"。古云梦泽以长江为界，分为云、梦二泽，长江以南为梦泽，江北即今天的江汉平原一带为云泽。而幕阜山脉绵延千里，余脉延展到了整个鄂东南地区，这里的通山县、崇阳县、阳新县等都是山城，唯有嘉鱼县可称水乡。嘉鱼县内有上百个大小湖泊，说是"千湖之省"里的"百湖之县"，也是名副其实。著名的"三湖连江"，以及在1998年抗洪中举国皆知的簰洲湾，都在嘉鱼。水多的地方，湖塘、河湾、港汊自然就多，所以嘉鱼最丰盛的出产，除了鱼虾河蟹，尤多莲藕与菱角。

汪曾祺先生的家乡高邮，也是有名的水乡，外地人说起他的家乡，往往开口就说高邮咸鸭蛋最有名。对此，汪老曾埋怨说，他对异乡人称道高邮鸭蛋是不大高兴的，好像高邮就只出鸭蛋似的。同样的道理，如果我们一味夸赞嘉鱼鱼多、藕多、菱角多，嘉鱼人会不会也不大高兴呢？好像嘉鱼就只有鱼、莲藕和菱角似的。

其实，除了这些水产，嘉鱼的稻米、竹木、茶叶、苎麻也很有名，甚至在蛇屋山上，还有一座亚洲最大的红土型露天金矿呢。真的要怪，也只能怪嘉鱼的鱼、莲藕和菱角太出名了。

"南有嘉鱼"，这《诗经》里的乡愁，早已成了所有嘉鱼人的乡愁，这里且不说了；嘉鱼渡普镇的菱角，从斧头湖到西凉湖，种植面积多达 15000 亩，年产菱米近 4000 吨，每到夏秋时节，小镇上家家响着剁菱角的刀板声，十里长街上菱米飘香……暂且也不说了。请嘉鱼的乡亲幸勿怪罪，这里单写一写令我难忘的嘉鱼鲜藕，还有我认识的一位挖藕人老梁吧。

老梁名叫梁大兴，四五十岁，一笑就露出一口大板牙。他不是嘉鱼本地人，而是与嘉鱼隔江相望的公安县藕池镇人。藕池，顾名思义，是出产莲藕的地方。据说东汉时期，曹操率 83 万人马下江南，在这里屯田采藕、筹集粮草，为赤壁大战做准备，"藕池"的名字由此而来。老梁家是"挖藕世家"，祖父和父亲都是挖藕人，到他这里，已是第三代挖藕人了。

多年前，藕池镇那边因为"退耕还湖"，藕塘面积减少了，一些挖藕人就来到南岸这边找活儿干。老梁因为手艺好，又吃得苦,一来到嘉鱼,就被珍湖这边的湖主和藕农给挽留住了。他一边给新雇来的临时挖藕人传授经验,一边还担负起了湖塘轮作和养护的事情。

中国几千年来的农耕传统,孕育和造就了许多独特的农事手艺,这些手艺一代代地传承下来,绵延不绝,实属不容易。比如陕西、甘肃一带的"麦客"(割麦人),新疆地区的"采棉人",贵州、四川一带的"放蜂人",几乎都成了"职业的"农事手艺人。

若不是认识了梁大兴,我还真不知道,世上还有"职业挖藕人"这个行当。我跟老梁打趣说:"行行出状元,老梁,还是你厉害呀,挖藕也能把自己挖成'专业人士'。"

老梁一边用一块油石磨着几把专用的藕铲,一边不无得意地笑笑说:"老人家不是说过,世界上怕就怕'认真'二字嘛!"

"说得好哇,老梁,用现在流行的话说,挖藕,你们是认真的。"

"必须的!不认真,哪能上得了《舌尖上的中国》?"

看得出,梁大兴心里颇有几分成就感,给他一根竿子,他就顺着往上爬了。

老梁说得没错,《舌尖上的中国》第一集里,讲的就是嘉鱼挖藕人的故事。虽然老梁不是故事里的主角,但这一集的故事可是给嘉鱼莲藕做了个意想不到的"大广告"。纪录片播出后,全国人都知道了,湖北嘉鱼是个"莲藕之乡",到了嘉鱼,别的可以不吃,却不能不尝一尝著名的"珍湖莲藕"。

嘉鱼的莲藕品种繁多,老梁告诉我说,若按用途分类,可分为籽莲、花莲和藕莲三大类。籽莲当然是为收获莲子米而种植的,以白莲为主;花莲以赏花为主,又分红花莲、白花莲、大叶苞等品种;藕莲是以收获鲜藕为主,珍湖这边全是藕莲。

"不过,今年来珍湖的客人,就没有这个口福喽。"老梁说,"今年正逢轮作,你看,湖里看不见几朵荷花。"

我请梁大兴给我讲讲什么是"轮作"。他说:"跟田地上的轮作休耕是一个道理。湖塘底下的泥巴,也需要养护,需要积攒养分,这样,来年的莲藕才会长得好。"

"轮作期间,这么大一片水域,都闲着?"

"也不完全是闲着,你看那边,那几个人正在捞虾,不种藕的年份,就养一季小龙虾,也可以增加一点收入的。据说小龙虾跟蚯蚓一样,对湖泥也能起到一点翻耕和保养作用。"

"真是'劳动出真知'啊!"我对老梁说,"湖塘和土地,摆在人人面前,农事里的秘密和智慧,却只有在劳作中才能真正获得。"

"是这样的，为什么珍湖里长的藕，味道比别处好？就是湖里淤泥深、养分足嘛！"

"大兴说得对呀！珍湖这边的人，有句话常挂在嘴上：'荷花娇是黑泥巴里长的，姑娘娇是半吊子娘养的。'好像有点挖苦人，但说的就是这个道理。"

说这话的是梁大兴的媳妇阿婷。阿婷也是藕池镇人，她说自己的强项不是挖藕，而是摘茶，她们那里把采茶女都叫"茶姑"。老梁来到嘉鱼"扎下"了，她也就跟着过来，照顾老梁的生活，有时也给老梁打打下手。

我和老梁在聊天的时候，阿婷就用一口大吊子（铁锅），给我们煨龙骨莲藕汤，一阵阵香气飘过来。

龙骨就是猪脊骨，龙骨莲藕汤是嘉鱼人的一道"迎客菜"。因为野生莲藕上市时，已到秋冬时节，莲藕汤上桌后容易冷却，莲藕汤一冷却，就失了鲜味，所以，煨龙骨莲藕汤要充分利用"一热当三鲜"的原理，吊子下一定要有文火慢慢炖着，最好就是木炭火。

"阿婷，舍下了老家绿油油的茶园，跟着老梁来湖塘种藕、挖藕，太委屈你这个茶姑啦！"我跟阿婷开了个玩笑。

"俗话说，嫁鸡随鸡，嫁狗随狗，嫁给猴子满山走。"

阿婷正往吊子里撒着切好的青蒜,笑着答道,"谁让我嫁了个挖藕的呢,就只好跟着来挖藕,没得选哪!大兴你快洗手去吧,人家徐老师大老远地来看你,肚子肯定饿了。"

不一会儿,我和老梁、阿婷,还有老梁的两个徒弟,就围着沸腾滚热的一大吊子龙骨莲藕汤,动起了筷子。

"乡野湖塘,没得什么特别好吃的,就这点野藕,还算是新鲜。"阿婷给我盛了一大碗龙骨和藕段,"您是贵客,要多吃点哪!"

藕段都是切成菱形的,比在超市里买的家藕略细一些,丝子也多。用常见的家藕煨出的排骨藕汤是浓白色的,奇怪的是,阿婷煨的龙骨莲藕汤,汤汁近乎是黑色的,味道却异常鲜美。

"家藕和野藕的区别,就在这里。没准是野藕的淀粉里,吸收了湖塘泥巴里的什么黑色素,一碰到铁锅和慢火,就被'激活'了,熬了出来,汤水就变成黑色的了。"见我有点诧异,老梁连忙解释说。

"哈哈,梁师傅,你这是《舌尖上的中国》看多了吧?你说的是典型的'舌尖体'嘛!"老梁那个最年轻的徒弟打趣说。

"人家徐老师是来采风的,我得实话实说,说出我的看法嘛。"老梁笑着怼了徒弟一句，接着说道，"还有就是，野藕都是在湖、塘、沟、汊里自然生长的，藕节细长，前一两节藕头味道甘甜，后一节藕尾会有点苦涩，没准正是这甘苦两味一调和，鲜美的味道就出来了，跟我们过日子的道理差不多吧，没有苦，哪来的甜？"

"行啊，老梁，你简直就是个乡村哲学家嘛！"我从心底里欣赏和认同老梁的看法。

"大兴平时没得别的爱好，就喜欢看书。"阿婷不失时机地夸赞丈夫说，"满脑子的'心灵鸡汤'。"

"'学习强国'嘛，不学习不行呀！三天不学习，我连跟儿子对话的底气都没得啦！"老梁一边喝汤，一边又露出了得意的笑，说，"龙骨莲藕汤要喝，'心灵鸡汤'也得喝一点嘛。"

我知道，老梁夫妻俩有一个很争气的儿子，正在武汉的华中农业大学念书，夫妻俩就用挖藕挣来的辛苦钱，供儿子上学。所以，他们打心眼儿里感谢嘉鱼珍湖这片水土，深知"幸福都是奋斗出来的"这个道理。这勤劳的夫妻俩也十分知足和乐观，相信只要肯干，不怕吃苦，凭着自己的双手，幸福和快乐，还会来得更多，明天的日子也会变得更好的。

这一瞬间，我想到了唐诗里的一首绝句《莲叶》："根是泥中玉,心承露下珠。在君塘下种,埋没任春蒲。"甘甜的鲜藕是泥水中的美玉,像老梁和阿婷这样的,千千万万的辛勤的劳动者,不也像是植根在自己每一片乡土上的最质朴的植物,最宝贵的农事文明的种子吗?

"老梁,我还有一点好奇,想请教一下。我在江浙一带水乡,也见过一些采藕和卖藕人,他们一般都会在池塘和小河边,把鲜嫩、粗胖的藕节洗得洁白如玉,然后再挑到早晨的集市里叫卖。可是在嘉鱼这里,几乎所有的藕,表面都还涂着一层黑乎乎的泥巴,这会不会影响嘉鱼鲜藕的'卖相'呢?"

"江浙那里的洗藕和卖藕方法,我看是不太科学。这个嘛,不用我说,阿婷就能给你解释。"

阿婷抿嘴笑笑说:"其实,就是我前头说过的那句话,'荷花娇是黑泥巴里长的',可别小看了这层黑泥巴,它们就像是一层珍贵的膏子,能给藕节'保鲜',哪怕是离开了嘉鱼,上了火车和飞机,这层膏子还在继续给鲜藕'输送养分',所以,人们从嘉鱼带走的鲜藕,都会涂着一层黑泥……"

"人们带走的不光是莲藕,还有嘉鱼的泥巴气息嘛!"老梁又憨笑着补了一句。

"是呀是呀,人们从这里带走的,是一片水土的恩赐,是'南有嘉鱼'的记忆,是《诗经》里的乡愁呢!老梁,看来你不光是个乡村哲学家,还是个乡村诗人哪!"

"哪里哪里,就是一个挖藕人。"老梁望着阿婷,嘿嘿地笑着,露着自己的大板牙,说,"我说得对不对,阿婷?"

洁白的葱须

*

"长乐无所有,聊赠一枝春。"

长乐坪镇,是湖北省五峰土家族自治县的一个山区小镇。坐落在山上的小塆子,最高海拔有2000多米。

这里离武汉大约有400公里,一直以来也是湖北省内较为偏远和贫困的山区之一。歌曲《山路十八弯》,咏叹的就是鄂西的这片山区:

"……这里的山路十八弯,这里的水路九连环,这里的山歌排对排,这里的山歌串对串……十八弯,九连环,弯弯环环,环环弯弯,都绕着土家人的水和山……排对排,排出了土家人的苦和甜,串对串,串出了土家人的悲与欢……排排串串,串串排排,都连着土家人的梦和盼。"

也许是大自然母亲对心地善良的山民格外偏爱,她把一大片画山绣水铺展在了这里,作为一代代勤劳、淳朴的土家族儿女子孙共同的家园,让他们垦殖、耕种和收获,在这里创建了属于自己的文化和史诗。美丽的青山、妖娆的峡谷之间，隐藏着能歌善舞的土家人的生存之谜、发展之谜和腾飞之谜。

在这里，绿油油的山茶树，年年在早春的山峦上吐出清新的翠芽，你越掐，它越长得丰盈；红艳艳的映山红，在四月的悬崖边，迎着春光怒放；布谷殷勤的呼唤声，回荡在山谷之间；漫山遍野生长的黄栌树，被当地人亲切地称为"女儿红"，它们在春天里给自己披上枝叶的盛装，到了秋天，就会变身为满身红装的"新嫁娘"；而老人和孩子们的小背篓，永远也背不尽大山的馈赠……

长乐坪一带有不少老人家，一辈子也不曾走出过家乡的大山，更没有到过省城武汉。

可是，在 2020 年早春这个特殊的时节里，善良和质朴的乡亲们，都默默地挖出了自家田里的白菜、萝卜、大葱、土豆等蔬菜，有的还集中起了舍不得吃的几块腊肉、一条猪腿、几壶茶油和菜油，甚至还有给念书的伢子们准备平时当零食吃的麻糖等。然后，乡亲们又背着背篓，挑着担子，踩着山道上的积雪，走下山来，再蹚过刚刚解冻的河水，从不同的村塆会聚到了村委会，从村委会会集到镇政府里……

刘乾新：白菜、腊肉

杨才友：萝卜、白菜、腊肉

顾锋：白菜

朱怀得：白菜

顾小英：萝卜、白菜

赵武：白菜、腊肉

吴玉兰：腊肉、白菜

刘传清：萝卜、白菜、腊肉

郑之香：萝卜、白菜

田昌芬：腊肉

……

这是长乐坪镇石桥沟村一组的村民，在微信群里列出的一长串捐赠物品登记清单。

所有的物品，全是山区的乡亲们家中能马上拿得出来的土特产，除了白菜、萝卜、葱等蔬菜，还有腊肉、菜油、茶油等。面对这样一份登记清单，相信许多人看了，瞬间都会泪目。

"有什么就捐什么吧，只要能把心意送到武汉去。"

"萝卜、白菜、葱、土豆、腊肉，都是土家人一点感恩的心意。"

村干部和乡亲们翻山过涧，奔走相告，互相传递着信息。

桥坪村有几户农家，分散在海拔2000多米的山岭上。有的山民从自己家里走到村委会去，光单程就要走上4公里崎岖的山路。可是，桥坪村的一位张爷爷，背着沉重的背篓上山、下山，一共跑了三四趟，硬是在最短的时间里，把自家种的200多斤土豆背下了大山。

张爷爷腿脚不好，一路上要拄着木棍，小心翼翼地迈动步子。走累了，他就依靠背架，放下背篓，稍微喘息一会儿，再继续前行。

张爷爷一辈子省吃俭用，从来也没有去过武汉。他把一背篓一背篓的土豆背到了村委会后，憨厚地笑着说："只要能送到武汉去，比我自己吃，心里还要舒服咯！"

柴埠溪村，是长乐坪镇最为偏远的一个山坞。这里虽然山路陡峭，但风景秀丽。这里不仅散发着木柴、松脂、黄栌和刺叶栎的芳香，也闪动着土家族儿女们善良和淳朴的光芒。

柴埠溪的一户村民毛爹爹，听到捐赠的消息后，连夜把家里300多斤红薯，先背到索道旁运下山，再蹚过小河，送到了马路边的货车上。

"这原本是我留的薯子种，送给武汉的兄弟们吃了吧，今年就不种红薯了。"淳朴的毛爹爹，说不出什么"漂亮"的话来。

石桥沟村的高爹爹，用一根竹杠挑着4壶菜油，送到了村委会，还满怀歉意地解释说："家里没有种太多菜，有几棵白菜，小得拿不出手，这4壶菜油是我自己榨的，干干净净的，送到武汉去，人家可以放心下锅咯。"

　　前去采访的一位记者展示了一张图片：有一位老爷爷，大老远送来了一捆刚从地里拔出的葱，每一根葱的根须，都清洗得干干净净、清清白白的；每一扎青翠的葱，都用新鲜的棕叶仔细地扎好了……

　　2月20日，全镇17个村塆的乡亲们，就这样一块腊肉、一壶菜油、一袋白菜、一袋萝卜地，凑起了85吨散发着浓浓的乡土气息的"山货"。

　　原来，从2012年起，武汉市武昌区就开始"对口帮扶"长乐坪镇，镇子上常年有武昌区派驻的扶贫队员，他们的目标只有一个：尽早帮助这里的乡亲们实现脱贫。

　　2020年，是我国全面建成小康社会，吹响脱贫攻坚冲锋号的决胜之年。伟大的中华民族实现第一个百年奋斗目标，千百年来压在中国人头顶的贫困问题，在2021年画上了一个完美的句号。

　　"当武汉疫情最严重的时候，淳朴、善良的乡亲们，怎能不念武汉人的好？怎能不用自己力所能及的一点奉献，回馈武汉人对我们的帮扶呢？"长乐坪镇的谢镇长这样对前去采访的《楚天都市报》记者说。

"真是涓涓细流，汇成大爱啊！"看着那些气喘吁吁的老人家，走了那么远的山道，用背篓背来的腊肉、菜油、萝卜、菜薹、大米、豆子，一位年轻的帮扶队员，一边搬运和登记着物品，一边擦着湿润的眼睛，声音哽咽着对记者说，"真没想到，乡亲们自己的日子本来就不宽裕，可是淳朴的村民们竟有这样的善举……"

2月21日夜晚，这批有85吨重的"山货"，装了满满5辆大货车。所有前来帮助装车的志愿者，都被善良的乡亲们的举动感动着。

中国古代南北朝时期有位诗人叫陆凯，他写过一首名诗《赠范晔诗》："折花逢驿使，寄与陇头人。江南无所有，聊赠一枝春。"有位志愿者把第三句略加改动："长乐无所有，聊赠一枝春。"他们把这两句诗，代表乡亲们祝福的心声，写在了每一个打包袋上。

看着这一卡车一卡车来自远山的青菜、土豆和菜油……我想象着，当疫情消失，荆楚大地和全国各地重归平安、祥和的时候，在鄂西山区，在长乐坪镇的山山岭岭之间，那些美丽的、佩戴着灿烂的西兰卡普的土家少女，还有缠着头帕的土家小伙子，会怎样围绕着一面牛皮大鼓，起舞放歌；端起大坛大碗的苞谷酒，我们的这些饮过生活的艰辛和困苦的土家族乡亲，又会怎样一仰脖、一挥手，仿佛一口饮尽了那风、雨、雷、电……

是的，从遥远的鄂西深山开往武汉的这5辆大卡车，运载的不仅仅是满满的5车"山货"，也满载着善良和淳朴的山民们沉甸甸的恩情，满载着一个任何寒冷、病疫、灾难都无法阻挡、必将如期到来、更加山花烂漫的美丽春天。

楠竹骨油纸伞
——一位小伞匠的自述

※

伞说:"我想的是——雨天,不让大家衣服淋湿;晴天,我是大家头上的云。"

我家的屋后,是一片青青的楠竹林。春天的时候,竹林里会钻出很多粗大的竹笋。

"爆笋啦!爆笋啦!"在淅淅沥沥的春雨里,我喜欢戴上斗笠,去竹林观察竹笋爆出地面,"哗"的一声脱去笋壳的样子。

有时候,爸爸会带我来这里,砍回一些成熟的竹子。爸爸说,这样可以给新生的青竹腾出生长的空间。

成熟的竹子都是金色的,新鲜的嫩竹竿上,会有一层薄薄的粉霜。

当我轻轻抚摸着青青的竹竿,仰望着一根根参天的竹子,爸爸叫着我的名字说:"阿满,你要明白哦,这些竹子长得又高又壮,只因为它们心中有一个愿望——向上,向上,再向上!"

爸爸是一位手艺高超的篾匠。他会用粗大有力的手,把成熟的竹子破成竹骨和竹片,做成竹床、竹椅、竹几、簸箕、竹摇篮……

还有这些楠竹骨架的油纸伞和斗笠,也是爸爸做的。

爸爸制作竹器的时候,我就在旁边当帮手,也跟着学些手艺。

"这片竹林,是你爷爷留给我的,以后爸爸也要留给你的,阿满,你要好好学手艺啊!"

星星在远处的山巅闪烁。爸爸每天做竹器都要做到很晚很晚。

"阿爸,现在人们都喜欢用折叠伞,谁还用老式油纸伞啊?"

"那不一样哦,阿满,爸爸做的油纸伞,会让很多人想起自己的小时候呢!"

晚风吹着爸爸稀疏的头发……

爸爸反复端详着自己制作的伞架,露出了满意的微笑。竹骨又细又亮,爸爸好像在变魔术一样。我发现,爸爸的牙齿不知什么时候已经掉了两颗。

第二天早晨,爸爸会挑着修伞担子和一些竹器到小镇上去,一边给人修伞,一边卖掉那些竹器。

我会帮爸爸拎着小一点的竹器，走上一段山路。

走过了一座小石桥，爸爸继续往前走，我会拐到学校去上学。

爸爸迎着早晨的太阳，挑着担子朝着远方的山路走去。

太阳好像给他的全身，镶上了耀眼的金边儿。

"阿爸，早点回家——"

我冲着爸爸大喊了一声。爸爸听到了，转过头朝我扬了扬手。不用说，爸爸一定又露出了那缺了两颗牙齿的笑容。

爸爸每天都是这样，早晨挑着担子出门，傍晚时，再挑着担子，沿着弯曲的山路回家。

爸爸说过，附近的每条山路，他摸着黑都能走回来。

水柳靠着河畔生长，楠竹长在小山坡上。如果拿一株楠竹和一棵树相比，要长到同样的高度，树需要六十来年，而楠竹只需要六十来天。

青青的楠竹林，是我童年的乐园。

爸爸的脊背，一天天驼了，我也不再是小孩子了。

"阿满，你长得像楠竹一样快啊，爸爸还没来得及好好看看你，就长这么高了！"

中学毕业后，很多同学都到远方念大学去了。因为家境不济，我没有再继续上学念书。爸爸把他挑了大半生的那副

修伞的担子，郑重地交给了我。

"孩子，阿爸真是不中用了，真没想到，会老得这样快……"

"不，阿爸，你还有那么多手艺，我还没学会呢！"

爸爸留在家里，继续做他的竹床、竹椅、竹几和竹摇篮，还有那些老式的油纸伞、斗笠……

在这片多雨多雾的山岭间，我成了一个小伞匠。

我将挑着爸爸交给我的修伞担子，去走完他没有走完的路。

有时候，我会挑着担子，转到母校门前，为我的老师们修理一下雨伞。老师要付给我修理费，都被我坚决地推辞了。

我很想对老师说："老师，对不起，我没能为母校争光，这就算是我对母校的一点点报答吧。"但我没有说出口来，只是在心里这样想、这样说道。

每年校庆日，同学们都会相约着回到母校团聚，看望老师。

离校庆日越来越近了，爸爸好像看出了我的心事。

"孩子，你也应该回去看看老师和同学的。"爸爸说，"那里不是也留下了你许多快乐的记忆吗？"

那些日子里，爸爸不停地去屋后砍竹子，披星戴月地忙碌着，把竹子破成了一堆堆竹骨和竹片……

我怎么也没有想到，在校庆日那天早晨，爸爸就像变魔术一样，突然变出了两个竹篓，每个竹篓里都插着十几把崭新的油纸伞。

"孩子，去吧，带着它们，去参加校庆，这是你送给母校最好的礼物。"爸爸一边说，一边又露出了那缺了两颗牙齿的笑容。

爸爸一定很得意，他为我悄悄准备礼物的日子，我竟然一点儿也没有发现什么。

不用说，这是我度过的最自豪、最快乐的一次校庆。

一些从远方回来的同学，他们有的已经成为青年军官，有的成了国家干部，有的成了年轻的教授……他们和老师们都收到了一份特别的礼物：一把老式的、用金黄色油纸布制成的、崭新的油纸伞。

一把把金黄色的楠竹油纸伞，撑开在绿色的草地上，装饰着我们校庆朗诵会的露天舞台。

轮到我表演节目了。我站起来，为大家朗诵了大诗人艾青写的一首小诗《伞》：

早晨，我问伞：

"你喜欢太阳晒，

还是喜欢雨淋？"

伞笑了，它说：

"我考虑的不是这些。"

我追问它：

"你考虑些什么？"

伞说：

"我想的是——

雨天，不让大家衣服淋湿；

晴天，我是大家头上的云。"

我一边朗诵，一边望着远处的山岭。那是爸爸和我，挑着修伞担子，挑着爸爸做的各种竹器，每天迎着太阳走过的地方。

我好像看见，爸爸正站在不远处的山路上，满意地朝着我点头。

不用说，爸爸一定又露出了那缺了两颗牙齿的笑容。

小船划过童年

——献给最美乡村女教师王月娥

＊

可别忘了，一个孩子都不能落下呀！

我的童年，在家乡偏远的湖区度过。那片湖区有个美丽的名字叫"仙岛湖"，传说是仙女出没的地方。

从小时候直到长大后，我从没看见过仙女。

可是，在我的心中，王老师就是世界上最美丽的仙女。

王老师是我小学时代的老师。每天黎明刚刚到来的时候，远处的青山和一个个小岛还都隐藏在淡淡的雾气中，王老师就背着她出生不久的女儿小星星，划着小船，把住在小岛上的孩子，一个一个接到湖区唯一的一所小学里……

小岛上正飘着淡蓝色的炊烟。隐约还能听见一阵阵鸡啼声。

家乡的小村，还在湖水轻轻亲吻的睡梦中。

一条打了很多补丁的小木船，一双磨得光滑的旧木桨。

小船在黎明时分安静的湖水里一下一下划动着。湖水发出了"哗啦哗啦"的声音……

王老师用力地划动着双桨,小星星还在妈妈的背上安睡。王老师的额头上渗出了晶莹的汗珠儿。

湖水随着木桨一上一下,荡漾出了巨大的波纹。

王老师一个人忙不过来的时候,她年老的爸爸也会来帮忙。

"阿爸,辛苦您啦!可别忘了,一个孩子都不能落下呀!"

"知道了!阿月,一个孩子都不给你落下……"

王爷爷的胡子已经花白了,他在仙岛湖上划了一辈子船。

这片湖区,大大小小有十几个小岛,孩子们分住在不同的小岛上。

有了王老师,有了她的小船接送,有了这所小学,我们这些孩子才都有了上学念书的机会,谁也没有被落下。

学校真小呢!只有一间教室,只有王老师一位老师。

教室的隔壁,就是她的小家。我们的课桌板凳,都是她和王爷爷自己动手制作的。

小星星的爸爸在远方的城市里打工。王老师平时可节约了!每次去镇上,她就用节省下来的一点点生活费,给我们买一些新书回来。

看见她的小背篓里装回了新书,我们快乐得就像在迎接节日。

阳光从破旧的窗格子里照进来,教室前面并排挂着两块小黑板。二十几个孩子，端端正正地坐在这间小教室里上课。

"好了，三四年级的课就上到这里，同学们开始做作业；老师现在开始给一年级的弟弟妹妹们上课……"

"请同学们跟着我，齐声朗读课文——"

"长江两岸，柳枝已经发芽。"

"长江两岸，柳枝已经发芽。"

"海南岛上，到处盛开着鲜花。"

"海南岛上，到处盛开着鲜花。"

"我们的祖国，多么广大！"

"我们的祖国，多么广大！"

王老师给我们上课的时候，王爷爷就默默地、一趟一趟地往小教室里搬运劈好的木柴，好给我们过冬取暖用。

夏天，仙岛湖上的大雷雨说来就来了。

这天，王老师戴着斗笠，又在大风雨中艰难地划着小船。小船上已经接到两个孩子了。

在另一个小岛上，还站着几个戴着斗笠、披着蓑衣的孩子。

雨越下越大，湖水在大雨中越涨越高。暗黑的天空里电闪雷鸣……

"来了来了！快看，小船在那里！"大家用手卷成喇叭筒的样子，大声呼喊着，"王老师——我们在这里——"

在风雨中飘摇的小船,渐渐靠近了小岛。

王老师用力撑稳小船,把孩子一个个接上小船,然后向小岛上的学校划去。

小船在汪洋中上下颠簸,湖水不时卷进小船的船舱里。

"哎呀!老师,小船要沉了……"

"不要怕,都坐稳了,不要动,快到岸边了。"

王老师加紧划船,小船迎着风浪向前……

小船快到岸边时,王老师跳进了有半个身子深的湖水里,用力推动着小船靠岸。王爷爷早已等在岸上了。他一个一个地接过惊恐中的孩子。

王老师站在水中系好了缆绳。"别怕,没事了!你们看,大家都好好的……"刚说完,她自己一阵晕眩,几乎支持不住了。

"老师,老师,您怎么了?……"我们围在老师身边,大声呼叫着。我们并排在一起,让老师的头支撑在我们的小肩膀上。

王爷爷心疼地扶起她说:"孩子,你啊……"

夜晚来临了。月光洒在辽阔的、安静的湖面上。

远处的青山和一个个小岛都在月光下安睡了。

月光透过窗棂,照进了夜晚的小教室里。小教室里的课桌已经拼排在一起,成了我们临时的床铺。

那时候,家里离学校太远的孩子,就留在王老师家里,挤在一张床铺上睡下。

王老师在忙着给我们铺褥子、掖被子。

王爷爷在一个大木盆里倒上热气腾腾的水,给我们洗脚。

"哦,好烫,好舒服哇!王爷爷,您每天给我们烧热水,辛苦您啦!"我们一边洗脚,一边和爷爷说话。

"爷爷不辛苦。只要你们好好用功念书,爷爷给你们烧一辈子洗脚水。"

夜深了,王老师披着衣服走进来,给我们掖好蹬开的被子。

每天晚上,我都看书看得很晚。

"早点睡觉吧!可不能看坏眼睛了。"老师叮嘱我说。

"老师,您改完作业了吗?您也早点去休息吧!"

"好的,有什么事就赶紧喊老师啊!"老师一边叮嘱,一边又掖了掖被子,然后轻轻地带上了门。

我拉熄了电灯,躺在睡熟的小伙伴身边。

透过窗棂,明亮的月光洒进来,照着小伙伴们甜睡的脸。

窗外,月亮高高地升起在湖区上空。金黄色的月亮在轻纱般的云朵里静静穿行。在月光下,我家乡的每一个小岛是那么温柔和安静。

晚安，亲爱的家乡！

晚安，亲爱的王老师！

晚安，敬爱的王爷爷和可爱的小星星！

就在我小学毕业，将要离开仙岛湖那年，省里的青少年发展基金会授予了王老师"希望工程园丁奖"，奖品是一辆山地自行车。

王老师想：要是能奖给我一条小船，该有多好啊！

她大胆地给基金会写了一封信，说出了她的请求。

结果，她的心愿真的实现了——除了那辆山地自行车，基金会另外资助了王老师1400元钱。

王老师变卖了自行车，加上那笔钱，正好买回了一条新的小船。

太阳从东方的湖面上升起来。一只大公鸡站在一垛柴堆上"引吭高歌"。绯红的霞光映红了一望无边的湖水……

远处蒙蒙的雾中，那条小船，又向一个个小岛划去……

小船的双桨在湖水里一起一伏的，晶莹的水花在朝阳下闪耀。

小船划过了湖区里每一个孩子的童年。

几年的时光转眼就过去了。

明媚的春天，又来到了湖区的小岛上。鲜艳的桃花，洁白的梨花,盛开在小岛上的田野边和小院里。

家乡的田野上,开满了金色的油菜花和荠菜花。

我又回到了油菜花掩映的家乡,走在了家乡的田间小路上。

现在,我已经长大了,是一个师范学校的毕业生了。

从师范学校一毕业,我就要求回到自己的家乡。

对了,你们已经猜到了,我要和王老师一起,去划动那条穿云破雾的小船,把湖区里更多的孩子,接到学校里来,一个也不落下!

"现在,请同学们跟着我,齐声朗读课文——"

"长江两岸,柳枝已经发芽。"

"长江两岸,柳枝已经发芽。"

"海南岛上,到处盛开着鲜花。"

"海南岛上,到处盛开着鲜花。"

"我们的祖国,多么广大!"

"我们的祖国,多么广大!"

这时候,在小教室的外面,王老师正拿着一把小锤子,站在一棵皂角树下,一下一下地敲响下课的钟声。

钟声在小岛上空回旋着,响彻了家乡的整个湖区……

系在木桩上的小船,在湖水上面轻轻地摇荡着,摇荡着。

杏花消息雨声中

*

我由衷地对他说道:"我很羡慕你,拥有一个如此美丽的故乡!"

诗人熊召政有一首诗写他的故乡的春天:"到此你莫问前路了,在这滤清心境的时辰。……放下你的担子吧,看我和烟雨,煎一杯春色,供你小饮。"正是清明之后、谷雨之前的花汛时节,山雨如烟,紫燕呢喃。诗人的越野车载着我们一路向东,走了大约两个小时,即进入他的家乡英山县境内。路途上,诗人一直让我坐在车子前座的位置,为的是使我能够尽览他故乡美丽的春色。

长期以来,在我心中的确也存放着一些猜想:一位在青年时代曾经写出了那么多清新和优雅的乡村田园诗歌的诗人,除却自身聪颖、灵秀的天资和异于常人的美好性情之外,一定还会有一些源自别的因素的培养和滋育,比如出身背景、乡土文明程度和自然环境等。现在,终于来到了他的故乡,亲眼看见和切身感受到了他所出生和成长的这片山水的青翠、温润与秀丽，我的心才豁然开朗，多年的谜团终于解开，并且不得不承认，多年前徐迟先生在为熊召政的诗集《瘠地上的樱桃》所写的序言中的一句话——"因为诗素早已孕育，一旦成熟，条件具备，山村诗就像樱桃一样，一组又一组地挂在枝头了"，确乎是一个合理的解释了。

干净的大路两边，是刚刚舒展开新叶的秀美的杨树，树叶上的那种嫩绿而带浅黄的颜色，就像是"纳比画派"风景画中的色彩一样。左右两排杨树之外，宽阔的西河和东河河床的边缘，长满了枝叶青翠的乌桕树。西河和东河，分列在大路两边，它们是养育着英山一代代儿女的母亲河。春汛期尚未到来，宽阔而安静的河床正在等待着丰美的雨季。我想，用不了多久，在那些春水奔腾过的地方，将到处是鲜花的洪流。

再远处，是一片片已经返青、正准备开始拔节的麦田，像镶嵌画一样镶嵌其间的，还有一片片金黄色的油菜花地。迟开的油菜花，当然不是要故意错过季节，也许它们还另有期待。青翠的山坡上下，是一栋栋有着白色外墙的民居了。这些新建的房屋，在满眼翠绿的春野中，显得那么洁净、漂亮和错落有致，使人不能不感叹英山人的美学眼光和居住品位。

近黄昏，一些布着灰黑色小瓦的低矮的老房子，散布在一座座更远处的山脚下和山坳里。一些屋顶上袅袅飘着淡蓝色的炊烟。久违的、亲切的炊烟啊！使我顿时想起童年时代妈妈站在家门口，唤我回家加衣裳和吃晚饭的声音。我知道，这每一缕温暖的炊烟下，也都有着召政多年前的诗中写到的情景："听着窗外的簌簌落雪，闲话着耕耘与收割的故事，每一家偏屋里的火塘，是山村枯杀季节的牧歌。"诗中的情景不仅是诗人最温柔的回忆，也是中国乡村生活留在每一个好儿女心中的无限的眷恋与怀念。

前几天我刚刚从奥地利和意大利旅行回来。看过了初春的维也纳森林边和阿尔卑斯山下的那些美丽的小乡村，又见英山县城郊公路两边翠色的田野、树林和小乡村的房屋，我竟产生了似曾相识的感觉。我把我的感受说给诗人听，他笑着说："是不是很像从因斯布鲁克去往威尼斯沿途所见的乡村风景？"我知道，他是在为自己的故乡自豪。我由衷地对他说道："我很羡慕你，拥有一个如此美丽的故乡！"我同时也想到了屠格涅夫对自己故乡的赞美："啊，俄罗斯自由之乡的满足，安逸，富饶！啊，宁静和美好！……皇城里圣索非亚教堂圆顶上的十字架以及我们城里人正孜孜以求的一切，算得了什么呢！"当然，这些话我没有说出口来。我只是自己在心里这么想、这么说道。

路易·艾黎曾向全世界介绍说，中国最美丽的小城有两个：一是湖南的凤凰，一为福建的长汀。现在，假如有谁要我在湖北境内也选出一个最美丽的县城，那么我想，英山县该是我的首选。

召政在少年时代就写过许多赞美自己家乡的诗歌，以至于后来，他把自己青春年华的全部才华和热情，都献给了自己的家乡。他至今还记得自己少年时代写的赞美家乡的两句诗："花如初嫁女，树似有情郎。"要知道，那可是在寂寞和混乱的20世纪70年代！年少的诗人如同在贫穷、艰辛和混乱的岁月里诞生的星星。

如果说，英山是鄂东大地上的一位明眸皓齿、风姿绰约的"初嫁女"，那么，美丽的吴家山区就是装点着这位"初嫁女"的凤冠霞帔。或者说，隐藏在吴家山密林深处的幽谷、奇石、清泉、碧潭，是大自然母亲为世世代代的英山儿女们特意保存下来的一部心灵原稿。

没有任何文字和任何色彩能够准确地描述这里的美。吴家山的每一段飞瀑、每一株绿树、每一条青藤和每一丛悬崖杜鹃，都是最好的诗人、散文家和水彩画家。大自然用最纯净和最深情的笔触，在这里写下了一页页流彩叠翠、风月无边的时光的史诗。被当地人称为"七瀑九拐十八潭"的龙潭峡河谷，则是这部史诗的华美乐段。

青山留我，而我的心早已沉醉在流泉深潭的倒影之中；天堂在此，但一条条松林间的蜿蜒小路，分明又在对我讲述人类与自然互为依存的故事。如火如霞的杜鹃花年年开放，清风明月也以各自的纤纤与朗朗，弹竹枝为弦，摇幽兰为影。诗人说："我无意当幽人，却以幽人的坐姿，听一曲一曲绿色，一曲就是千年。"

遥想当年，苏东坡在黄州，深夜访友归来，在月夜下恋恋不舍地走过的，无非就是如吴家山山中和林间的小路。"山下兰芽短浸溪，松间沙路净无泥，萧萧暮雨子规啼。"此时此境，我分明感到，我已经忘却"客子光阴诗卷里"的乡愁，一颗乡心，完全陶醉在了"杏花消息雨声中"。

大地春光

「苹果爷爷」的心愿
乌蒙山采风散记
乌蒙山中放蜂人
乌蒙山的春天
骆驼泉的传说
其美多吉的邮车
戴红星斗笠的小姑娘
小宝的泼水节
江山如此多娇

"苹果爷爷"的心愿

※

天道酬勤亦酬善。

凌晨从武汉出发,到了昆明机场后,晨光出版社的朋友接了我,从机场直接奔往昭通,傍晚时分,我们就到达了昭通市洒渔镇。

这是武汉的疫情完全得到控制之后,我第一次跨省出远门。此行千里迢迢,只为一个目的:来看望和拜访曾为武汉拼过命的"苹果爷爷"周邦治老人。

我与"苹果爷爷"的缘分,是从2020年春节前夕、疫情刚暴发的时候开始的。

周爷爷是洒渔镇弓河村16组一位地地道道的果农。每年早春,从苹果开花的时候起,他就天天起早贪黑地在自家的苹果园里劳作,不是剪枝、松土,就是施肥、浇水。乡亲们都说,周爷爷对待山坡上的每棵苹果树,比对待自己的孩子还要耐烦和细心。

周爷爷种植了20多亩苹果，全靠着自己勤奋好学，虚心向果树专家请教，慢慢学来的种植技术。勤劳和善良的周爷爷成了邻近村寨的乡亲们敬佩的致富榜样。平时，他也把自己学到的每一样技术和手艺，一点一滴地传授给了想种植苹果的乡亲们。几年前，周爷爷还和村里人一起成立了一个"苹果种植合作社"，带领乡亲们闯出了一条共同致富的路子。

按说，周爷爷每年种植苹果，收获不少，日子也过得富足了，应该好好享受一下幸福生活了吧？可是，过惯了勤扒苦做日子的周爷爷，从来不舍得乱花一分钱。村里有所弓河小学，周爷爷每年都会拿出一些钱来，资助一些家境困难的学生娃儿；有的乡亲遇到了什么难处，周爷爷也总会尽力帮扶和周济。但他自己连一件新衣裳也舍不得买，常年穿的一两件旧衣服，已经洗得发白了，还打了补丁，却总是舍不得扔掉。

2019年还算风调雨顺，周爷爷种的苹果获得了大丰收。他把满园的苹果采摘下来，一部分发送给常年的订户，剩下的10吨左右的苹果，他小心翼翼地储藏了起来，准备来年春天里卖个好价钱。

不料，一进入2020年春天，来势汹汹的新冠疫情，把周爷爷的美梦瞬间给击碎了。疫情暴发后，他每天盯着电视新闻看,看到那些医务人员不顾安危,日夜奋战在抗疫一线,有的几天几夜都不能合眼,还有的因为疲劳过度而呕吐、晕倒……周爷爷心里难受极了。他想到,这些年来,要是没有党和国家的好政策,他和乡亲们哪里能过上现在的富足日子呢?眼下国家有难了,不正是自己应该做一点力所能及的贡献的时候吗?他跟家里人商量说:"2014年,我们鲁甸发生了6.5级地震,人家湖北也实实在在地又是派人,又是送物资帮助我们!现在电视上说,武汉那里物资紧缺,我想了一下,我们拿不出什么更好的东西来,家里不是还储藏着10来吨苹果吗?把这些苹果送过去,给那里的医务人员补充一点维生素,增强一点免疫力,也算是我们全家对国家的一点回报和感恩吧。"

他的想法,得到了家里人和乡亲们的一致赞成。说干就干,周爷爷立刻请来大家帮忙,打开储藏库,挑灯分拣和筛选苹果,连夜装箱。"一定要挑选最大、最红的,小的、有疤的,一个也不要。"周爷爷不停地叮嘱。乡亲们说:"周爷爷啊,你这个主意太好了!等这些昭通苹果送到了武汉,可就不单单是一个苹果那么简单了。"周爷爷憨厚地笑着说:"每个苹果都代表了我们昭通人的心嘛!"

话是这么说,但这时候往武汉走,是要冒着生命危险的。

周爷爷这段时间正好前列腺炎的老毛病也犯了，老伴担心他会一去不返。他们的小孙子天真懵懂地说："爷爷，你去了武汉就不能回家了，我们都不能要你回家了！"

周爷爷自己心里也明白此行的艰难和危险。光是为了得到一张县里开出的通行证，他就不知道费了多少周折。好在苦等了两天后，通行证终于拿到手了。周爷爷安慰家人说："想想在武汉的医生、院士和解放军，人家能在那里拼命，我们有什么好怕的？这时候不为国家尽点力，还要等什么时候呢！"

不过，这时候没有哪个司机愿意跑武汉的长途。周爷爷做了不少说服工作，总算雇请到了一位年富力强又有长途运输经验的司机，迟学梨师傅。从昭通到武汉，路途遥远，单程约1400公里，需要翻山越涧，冬季里还有风雪天气，估计路上要走两天两夜。周爷爷算了一下，这一路的运输费可不少呢，自己手上一下子凑不出这么多钱来。这时，中建五局有个在昭通施工的项目部，项目部的党支部——乌蒙星火党支部，得知周爷爷的难处后，连夜发动支部里的党员干部捐款支持。"星星之火，可以燎原"，很快，他们就募集了一万多元的运输费。

2月12日这天早晨，昭通下起了大雪。但是，重达10吨、价值约 15 万元的苹果，已经稳稳地装上了卡车。周爷爷亲自押车，陪着迟师傅，顶风冒雪，从偏远的西南边陲，向着武汉出发了。

这个时节，沿途公路上和服务区里已经很少有人影了，有的服务区里连口热水都不易找到。一路上，饿了，他们就快速地吃点干粮；困了，就把车停在服务区，趴在驾驶室里打个盹儿。满满的一车苹果，周爷爷和司机谁也没舍得吃一个。他们穿过凌晨时分的大雾，也走过结了冰凌的公路；上午在眼前飞舞的还是雪花，下午又变成雨水了……到 2 月 14 日快近中午，周爷爷的卡车下了高速路，到达已经封城的武汉市的一个收费站时，他们在路上已经走了整整两天两夜。

执勤人员一看通行证，知道这是一辆从云南远道来送苹果的卡车，感动得立刻给周爷爷和迟师傅敬了个礼，很快就给他们办好了放行手续。当晚，周爷爷送来的这车苹果就被分送到了奋战在湖北省妇幼保健院、武汉大学中南医院等抗疫一线的医务人员手上。"昭通苹果这么大、这么红！真好吃，真甜！"吃到了苹果的医护小姐姐们，给周爷爷起了个亲切的雅号，"苹果爷爷"。

不过，她们并不知道，"苹果爷爷"陪伴着这一车苹果日夜赶路，一路上吃了两天的干粮和冷水泡面，两天两夜都没有好好休息过,所以,周爷爷到达武汉时,腰痛得有点直不起来,眼睛也有点看不清了。志愿者们在帮着卸苹果的时候,周爷爷累得实在站不稳了,正好街边有一条长椅,他想过去坐一会儿,刚坐下不一会儿就睡着了。早春的寒风,吹着他稀疏的白发。一点点阳光,照亮了他脸上没有被口罩遮住的皱纹。大街上空空荡荡,但是整座城市好像都在默默地向这位善良的老人致敬:辛苦您了,"苹果爷爷",谢谢您!

卸完了苹果,医院的领导想留周爷爷和司机在武汉住一晚,善良的周爷爷连忙跟司机商量说:这个时候我们就不给武汉添麻烦了,还是早点返程吧。就这样,周爷爷和司机连武汉的一口热水都没喝上,就连夜踏上了返程路。两个人回去后也不能回家,又在镇上的简易招待所里隔离了14天。

我从新闻报道里看到周爷爷的故事后,一连几天都放不下,每看一次眼睛都会湿润。我把那些角度不同,有的甚至语焉不详的报道仔细梳理了一下,连缀起来,写了一篇完整的散文故事《苹果爷爷》。散文发表后,有的广播电台配乐播读了。《昭通日报》看到后,也立刻转发了。不久后的一天,我接到晨光出版社吉彤社长打来的电话。吉社长是一位处事细腻的女同志,原来她也看到了我写的"苹果爷爷"的故事,深受感动,就让社里在昭通的一位驻村扶贫队员,辗转联系上了周邦治老人。周爷爷不会用微信，他的儿媳妇和我，还有出版社的朋友一起建了个小群。我和周爷爷相约，等疫情结束后，一定去昭通看他。于是，就有了我在文章开头写到的一幕。

天道酬勤亦酬善。2020年虽然疫情未散，但周爷爷和弓河村乡亲们的苹果又迎来了大丰收。洒渔镇上的大街小巷里，飘散着新摘下的苹果的芬芳，一车车、一担担苹果，堆满了街巷和村口。

我在硕果累累的苹果园里和周爷爷见面了。我们紧紧拥抱在一起，两个人都流了眼泪。周爷爷说，他没想到，会有人千里迢迢地从武汉到洒渔镇、到弓河村来看他。我说："您是为武汉、为湖北拼过命的人，也是我们心中的'逆行者'和'最可爱的人'，来看看您，还不应该吗？"周爷爷憨厚地咧着嘴笑着说："我做的那点事不算什么，不算什么。"

周爷爷勤俭持家，家风清正，一家人都生活得很简朴，住的房子也比较简陋，说实话，不是我想象中的苹果种植大户的住房的样子。周爷爷说："以前的日子没法过，现在富裕了，日子好过了，但也不能忘本。"周爷爷对今天的生活很知足。他有两个勤劳能干的儿媳妇，大儿媳叫吕昌美，二儿媳妇叫李朝艳，都是打理果园、负责苹果销售的好手。

我们在和周爷爷谈这谈那的时候,两个儿媳妇就和婆婆一起,忙前忙后地招待客人、准备午饭。二儿媳妇来给客人续茶水时,还会趁机夸赞周爷爷一两句:"孩子的爷爷给小学捐钱、给村里捐钱,从不落后,就是不知道要对自己好一点,一年到头连件新衣裳都舍不得给自己买。"周爷爷笑笑说:"衣裳穿旧点,没人会笑话。要是光想着自己,连给小学捐点钱都舍不得,那就让人看不起了。"

在交谈之中,周爷爷还说到,这一年里,他心里一直有件"遗憾事":他送到武汉的那车苹果,钟南山院士、张伯礼院士、李兰娟院士他们,也许一个也没有吃到。所以周爷爷说:"我现在最大的一个心愿,就是能把一两箱苹果送到钟院士身边,让他吃到我种的苹果。"

说到这里时,我故意打趣说:"你光想着让钟院士吃到你的苹果,就没想到'挑担苹果上北京',让我们的习近平总书记和党中央的领导同志也尝尝你种的苹果?习近平总书记和党中央时刻牵挂着云南乡亲的冷暖,总书记几次来云南看望乡亲们,春节前还在云南的乡村地头走访呢!"周爷爷一听这话,眼睛里一下子涌出了泪花。他用粗大的手擦了擦眼,咧着嘴笑着说:"这……不是我不想,是不敢想!要是真有一天,总书记和中央的领导能亲口吃到我种的苹果,那……那我这一辈子，就是再苦再累，也值得了！"他的儿媳妇在一旁，小声跟婆婆说道："孩子的爷爷又在做美梦了！"我连忙纠正说："这么美好的心愿，必须有啊！没听人们常说，一定要有梦想呀，说不定实现了呢！"

在这一瞬间，我在心里想：有什么办法能帮助周爷爷，实现他这美好的心愿呢？让日理万机的总书记和党中央领导同志吃到他的苹果，也许真的不那么容易，但是让钟南山院士吃到他的苹果，或许还有可能吧？坐在周爷爷家的堂屋里，我头脑里当即闪过一个念头：要是写一篇文章，说说周爷爷的这个心愿，刊登出来，有人看到了，没准就会转告钟南山院士吧？

我和周爷爷相约，2021年秋天，苹果熟了的时候，再来弓河村看他。我和出版社的朋友们也"心有灵犀"，都想为周爷爷做一点实事。他的苹果丰收了，需要更多的销售渠道，我们商量，能不能尽一点微薄之力，为他"带点货"？

我们也是说干就干。晨光出版社当场就"出手"，以社里工会的名义，预定了很多箱苹果。我也通过微信朋友圈，发动了一些出版社、作家和读者朋友，一起为"苹果爷爷"带货。不少人一看到带货信息，立刻纷纷行动起来。年轻的女作家李姗姗还立刻建起了"苹果爷爷小组"的微信群，一传十、十传百地"接力"带货；我的微信朋友圈里有一些小读者和他们的家长看到了消息，也纷纷建群、转发，很快就和"苹果爷爷"的儿媳妇成了微信好友。

我看到，有位小学生的家长在带货的同时，跟"苹果爷爷"的儿媳妇有这样的对话："谢谢'苹果爷爷'，谢谢你们曾经支援过武汉，感恩！"周爷爷的儿媳妇回复说："应该的，国家有难，人人有责。相信如果我们昭通遇到什么事情，你们也会马上伸出援手。"看到这样质朴的对话，我的心里充满了温暖和感动。

人民至上，生命至上；举国同心，命运与共……诞生在2020年中国大地上的"抗疫精神"，饱含着丰富的内涵。"苹果爷爷"周邦治的故事，还有他美好和朴素的心愿，让我真切感受到了什么是"举国同心"。我们的国家，有如此善良、质朴和深明大义的人民，有如此百折不挠、风雨与共、知恩感恩的人民，与伟大的党和国家紧紧凝聚在一起，全国抗疫的最后胜利，决胜全面建成小康社会、实现第二个百年奋斗目标的胜利，不属于我们，还能属于谁呢？

乌蒙山采风散记

———— ✳ ————

"高山有了雾就相连,平地有了河就相连。彝族和汉族有了共产党就相连。"

一

乌蒙山区的月亮,是我见过的最美、最亮的月亮。

不知是在什么年代里,生活在乌蒙山区的老人们留下了一句老话,叫作"桫椤寨在月亮上"。这句话,把乌蒙山区的月亮的美丽、皎洁和神秘,活灵活现地描画了出来。

有月亮的夜晚,乌蒙大地一片澄净。月亮又圆又大,明晃晃的,仿佛一抬脚就可以走进去;皎洁的月光,洒在桫椤树、凤尾竹、金竹、苹果园、土楼、瓦屋上……好像给一切都镀上了一层水银般的光亮。

因为月亮那么美,乌蒙山人喜欢用月亮来形容女性的美。

"乌蒙山区的月亮,山上的索玛花,都没有阿妈漂亮。"

"阿姐明亮的眼睛,比天上的月亮还明亮。"

这是生活在乌蒙山区的彝族孩子常挂在嘴边的话。

二

乌蒙山区的彝家人喜欢在山坡上种荞麦。他们把荞麦叫"荞子"。彝家人传说，荞麦的种子是小狗用尾巴从月亮上带来的，泽泽夺是彝族里第一个种苦荞的人，是他最先从小狗的尾巴上取下了苦荞的种子，埋进了泥土里，彝家人今天才有荞子吃。

所以，老一辈彝家人传下了这样一首童谣：

小狗的尾巴上，
沾着小小的荞籽。
是从月亮上带来的吧？
泽泽夺取下荞籽，
带到山上去，
用双手刨开地，
把种子埋进土里。
荞子开花了，
结出了果实，
荞子变成了吃的粮食。

彝家人过年的时候,都要先给狗狗喂一些吃的,然后全家人才可以动筷子吃饭,以此表达对小狗的感恩,感谢小狗从月亮上带来的苦荞种子。

三

春天里,洒渔河两岸傍水而生的柳树,萌发出了浓浓的绿色。

乌蒙山区的乡亲把河岸的柳树叫作"烟柳"。这个名称很美,也很形象,我在别的地方从未听说过。无论是洒渔河还是弓河两岸,都长满了婀娜多姿的烟柳。烟柳树冠看上去"一笼一笼"的,在细雨蒙蒙、白雾缭绕的白天里,每棵烟柳真像笼罩着一团或浓或淡的"绿烟"一样。

到了夜晚,淡淡的月色洒在烟柳树上,给每棵烟柳都镀上了一层水银般的光芒。

四

乌蒙山区的昭通,是全国有名的苹果之乡。洒渔镇更是几乎家家都有苹果园。一到秋天,小镇四周的山坡、村外、路边、河畔,到处都是伸手可摘的苹果。

你知道苹果花是怎样绽放的吗?

早春时的苹果花,就像一个娇羞的小姑娘。当她还是一个小小的花骨朵的时候,她有着红艳艳的脸庞,或是粉红粉红的颜色,就像羞涩的小姑娘在紧紧抿着娇艳的小嘴;等她迎着明媚的春光慢慢绽开的时候,她小小的脸庞就渐渐变成了纯白色。

苹果花的白,是一种轻柔的春雪般的白,一种最纯的羊脂玉般的白。一朵朵,一簇簇,一团团,或并排着,或簇拥着,灿烂的苹果花,挤满了每一根枝条,散发着清新的芬芳。

这样的日子里,当你从苹果树下走过,你还会看到,每棵树下都像是铺着一层洁白的花瓣毯子。

五

彝家人有句谚语:"火塘是彝家人的'魂儿',衣裳是彝家人的'脸面'。"乌蒙山区的农村,家家离不开火塘。

火塘是乌蒙山区冬天里的"灵魂"。在这里,人们烧火做饭,可以用天然气和电。但多数乡亲还是习惯用柴火。柴火又分家柴和硬柴。像松根、松枝、藤子和一些细小的杂树干枝之类的柴火，叫家柴，烧火做饭是可以的，但不耐烧，烟也大；生火塘用的柴火，得用硬柴，比如柞木、野板栗、山樱一类的硬木，耐烧，火头也大。

不过，打硬柴得走很远的山道，往深山里去。近处的山冈、岩脚下，只能砍到一些家柴。要进山打硬柴的时候，打柴人一定会带上一些干粮和酒水，既能敬"山神"和"柴神"，又可给自己解渴、解乏、垫垫肚子。

乌蒙山人打硬柴有一个习俗，进山打柴，首先都要敬一下"山神"和"柴神"：把带进山的酒水和干粮，摆在岩脚下和要砍的杂木丛前，念念有词地念诵几句吉祥话，大意是求得"山神"和"柴神"宽谅，保佑砍柴人平安，期望来年这一带还会草木茂盛、取之不竭，等等。

真诚地敬过了"山神"和"柴神"后，才可以抽出事先磨得锋利的砍刀，开始砍柴。

硬柴都砍成一样的长短，码成堆，然后再砍一些坚韧的藤子，或把细长的苦竹扭成坚韧的竹篾，或用韧劲十足的牛筋草搓成结实的草绳子，把砍下的硬柴捆成一捆儿一捆儿的，码放在对着风口和向阳的山岩上，便于风干。

山里人为人朴实，不会为了一两担柴火，背上不劳而获的坏名声。所以,无论是谁打下的柴火,放在那里多久,都不会被人担走。你想什么时候来担下山,就什么时候来好了,都没有问题。

六

乌蒙山区的乡亲们平时说话,喜欢用谚语。一些谚语质朴而生动,来自切身的生存和生活经验,又带着浓郁的地域文化色彩。比如:

"不走山路不晓得平地,不吃苦荞粑粑认不得粗细。彝家人走到哪里都晓得感恩知足。"

"金翅鸟的翅膀,是贴着彝家人的金竹梢梢长硬的;彝家的好娃娃,都是吃着阿爸种的荞子长大的。"

"阿鸡谷的心事,竹林子最知道;儿子的心事,阿妈最清楚。"("阿鸡谷"就是布谷)

"狼有狼道,狐有狐路,猎人有猎人的脚板子。"

"自家种的苞谷是珍珠,邻人撒的荞子是宝石。彝家的孩子,哪有不喜欢阿妈做的东西的?"

"水牛不驮盐,骡子不犁地,彝家的孩子,不跟阿妈说假话。"

"高山有了雾就相连,平地有了河就相连。彝族和汉族有了共产党就相连。"

"话有五句十句,共产党的话最中听;路有千条万条,共产党指的路最光明。"

"软绳子才能捆得住硬柴火。"

"竹子能砍成两节,萝卜能切成两块,哪位阿妈舍得跟自己的孩子分开?"

"马看不见自己脸长,羊看不见自己角弯。"

"荞子花开在一起,颜色才能红艳艳;勤快的人聚在一起,办法就会滚滚来。"

这些生动鲜活的谚语,运用了文学上的"比、兴"手法,但又是一般的文人想象和创作不出来的。

七

乌蒙山区的歌谣,也很有特点:生动、鲜活、直观,却不乏想象、幽默与夸张。比如这一首:

今晚的月亮圆圆的,
明晚的月亮圆圆的,

圆圆的像老树桩,
树桩中间滑滑的,
树桩边上毛毛的,
就像小松鼠的窝窝。

松鼠的腿子胖胖的,
胖得就像布帕缠着,
胖得就像老年猪。
老年猪长得真好看,
两只耳朵像芭蕉扇。

八

彝家人把年老的、富有智慧的老人叫作"老毕摩"或"毕摩爷爷"。老毕摩们喜欢蹲在寨子边和晒荞子的谷场上,一边晒太阳,一边攀比着今年的收成。

几个彝族小学生放了晚学,回到寨子,经过毕摩爷爷们跟前时,少先队员们齐刷刷地举起右手,给毕摩爷爷们行了少先队的队礼:"毕摩爷爷们好,给你们敬礼!"

"啊呀呀,唱歌的金翅鸟飞进了家门口,红艳艳的索玛花开到了篱笆上！原来是我们的女状元们回来了呀！"

老毕摩们一边咧着大嘴开心地笑着，夸着孩子们，一边也学着孩子们的样子，连忙举起了右手"还礼"。好笑的是，有的爷爷竟然把两只手臂都高高地举过了头顶，看上去就像在举着双手投降一样。

"今天吃大米，不要忘了毕摩爷爷过去吃荞子；今天当家做主，不要忘了毕摩爷爷过去当娃子。"这是老毕摩们经常挂在嘴上、对晚辈们讲的话。

九

在乌蒙山区采风时，我心里已经有了一个打算，创作一本以乌蒙山区脱贫攻坚为背景的长篇小说，书名就叫《爷爷的苹果园》，把故事地点放在洒渔河边的"苹果小镇"洒渔镇上。小说既要写出乌蒙山区的风情和人性之美，也要讲述乌蒙山区新一代少年们的成长故事。

我设想着，小说的小主人公，是一个生活在乌蒙山区的彝族小男孩，小说主要描写他还有他的阿爸、阿妈的故事。给这三位彝族人起什么名字呢？我颇费了一番琢磨。有一天，我向一位彝族小说家吕翼请教：这个彝族小男孩，聪明懂事，他的阿妈美丽贤惠,他的阿爸勤劳能干,如果小男孩名字叫"乌格",他阿妈叫"阿依扎",阿爸叫"曲木嘎",这样的名字有无不妥呢?

吕翼先生告诉我说:这三个彝族名字,起得挺好。阿爸叫曲木嘎,说明彝族姓为曲木。嘎,有快乐的含义。阿妈的名字有小姑娘的含义。阿依,就是姑娘。扎,是小孩子的意思,可以代表美丽清纯。乌格,有手艺人、工匠的含义。加上阿爸的姓氏,学名可以称为"曲木乌格",在家里或平时就叫"乌格"。我没有想到,第一次给小说里的彝族主人公起名字,竟然起对了。

乌蒙山中放蜂人

*

"你吃的苦头有多苦,蜂子给你酿出的蜜就有多甜哟。"

"没有累死的蜜蜂,只有冻死的苍蝇。老一辈人讲得没错呀,乌格,你看,这么冷的冬天,小蜜蜂们不是都活得好好的吗?"

曲木嘎给儿子小乌格戴了个面罩,一边轻轻打开一只只蜂箱的活动盖板,给蜜蜂们添加一些白糖作食物,一边给乌格讲着一些养蜂的道理。

今天是一个晴和的、阳光充足的日子。乌蒙山刚刚下了好大一场雪,现在大雪初霁,风也住了,明媚的阳光把远处的山峰上的积雪,照耀得明晃晃的。阳光也洒在地堰边和龙眼树下的每一只蜂箱上,金色的光斑在每一只蜂箱盖上跳动着,好像正在轻轻敲叩着盖板,唤醒里面的小蜜蜂们:"喂,小家伙们,快醒醒啦,出来晒晒太阳哟!"

曲木嘎守护着他的每一只蜂箱,就像守护着美丽的妻子阿依扎和儿子乌格一样细致和用心。每年入冬后，他把蜂箱拉回来，选定了暖和的位置后，再在每只蜂箱底下铺垫上厚厚的稻草、苞谷秸、谷壳，蜂箱四周也要用稻草围起来，这样既能保温又可透气。下雨落雪的日子，他还要在蜂箱上面盖上塑料布、蓑衣什么的，遮挡雨雪。

"哇，阿爸，小蜜蜂都醒了，都在争着吃白糖哦！等它们吃饱了，会不会咬我呀？"

蜜蜂过冬的时候，喜欢在蜂巢里互相拥挤着，紧紧抱成一团，越是这样互相靠拢，结团越紧，密度增大了，也就不容易挨冻了。看来，小蜜蜂们也懂得"抱团取暖"哟。

"放心吧，乌格，现在是冬天，蜂子不会咬你的。"阿爸一边熟练地给蜂箱做检查，一边告诉乌格，"就是在春天和夏天，蜂子也不会轻易蜇人的，除非是人们招惹了它，它以为自己要受到伤害了，才会蜇人。"

"就是说，蜂子是为了保护自己，才蜇人的？"

"是这样的。不过，蜂子也挺可怜的，你晓得吗？它只要蜇了人，自己的力气和生命便耗尽了，就活不了几天了。"乌格第一次知道，原来小蜜蜂有这样不为人知的"秘密"。

春天、夏天和秋天里，曲木嘎几乎每天都会"巡视"他的每一只蜂箱，仔细察看蜂箱有没有腐烂和破损的地方，还要察看有没有大黄蜂窥伺在蜂箱缝隙边,准备干坏事儿。原来,大黄蜂"好吃懒做",自己不会酿蜜,却喜欢干些偷吃蜂蜜,甚至咬死小蜜蜂的勾当。所以,养蜂人没有不讨厌大黄蜂的,都把大黄蜂看作蜂类的"霸凌者"和"侵略者"。

冬天里没有什么花粉可采了,可不能让蜂子们饿着,所以得给它们喂一些白糖增加营养。除了白糖,也可以多给它们留下一些蜂蜜。只要递进去一点白糖和蜂蜜,它们就会你争我抢的。食物和运动,都能给蜂子们增加热量,所以它们也就不怕寒冷了。

曲木嘎是一个勤劳、质朴的彝族汉子,是阿依扎眼里的好丈夫,也是乌格心中的好阿爸。从把美丽善良的阿依扎娶回家的那一刻起,他就下定决心,哪怕自己再苦再累,也要让阿依扎生活得幸福开心。有了儿子之后,他晓得,自己肩上的责任更大了。他暗暗发誓,不仅要让妻子阿依扎衣食无忧,还要尽自己最大的能力,给乌格备下足够的条件,让他上学念书,能念到什么时候就念到什么时候。

阿依扎曾说,乌格将来要是能像老毕摩爷爷那样"有学问",就心满意足了。曲木嘎听了,却不以为然,连忙纠正阿依扎说:"'大树不生石夹缝,青苔不长火塘边。'阿依扎,你就好好等着那一天吧,等着我们的乌格念好了书,带着你走出乌蒙山，去看看外面的大天地。"

"我看你是一年四季放蜂子，把自己的心也放野了！"阿依扎故意嗤笑他说，"野得连乌蒙山都容不下你曲木嘎了！"

阿依扎差不多说对了一半。不单单是追赶着花期放蜂的原因哪！这些年来，党和国家越来越多的好政策，特别是全面建成小康社会和决胜脱贫攻坚的"冲锋号"，也响遍了乌蒙山的每一条山箐、每一座村寨。曲木嘎那颗盼望着一家人过上幸福生活的心，那颗向往着山外的世界的心哟，确实也越来越"野"了！

也不仅仅是他一个人的心越来越"野"了，放眼看看所有生活在乌蒙山区的人家，看看全国每一处偏远的山乡，和像星星一样散落在山区角落里的村村寨寨里的人们，谁的眼界，不是越来越大、越来越高？谁的心，不是越来越有新的奔头、越来越"野"了呢？谁还愿意沉睡在过去的苦日子、穷日子里，而不醒来呢？

号角响处，山花烂漫，给乌蒙山中无数个像曲木嘎这样的养蜂人，带来了四季如春、繁花似锦一般的好机缘。只要有花期、花海追着跑，在曲木嘎看来，就是再远的远方，也不在话下啦！

乌蒙山区山脉连绵，山岭逶迤。这块水土总面积约有11万平方公里,包括云南、贵州、四川三省毗邻地区的近40个县(包括市、区),总人口有2000多万。这里就像一个多民族亲如一家,一起耕耘、一起守护的大家园,丰厚的植被、繁盛的花田,还有清澈的雪水河、山泉和小溪……养育了多少勤劳的好儿女!

不说别的,单单是像曲木嘎这样的养蜂、放蜂人,各个民族的兄弟姐妹加在一起,少说也有十几万人、上百万的蜂群吧?

曲木嘎和乌蒙山区大多数养蜂人一样,常年养殖的都是一种学名叫"中华蜂"的蜜蜂。这种蜜蜂与其他蜂种,例如意大利蜂相比,个头更小,也有较强的耐寒能力,所以更适合在山区和高原上的零星花源环境里生存。

乌蒙山区到处都是苹果园、荔枝林和龙眼林,漫山遍野的山花就更不用说了。除了落雪的冬天,曲木嘎的蜂箱,一年四季能在山上摆放三个季节。春蜜的花源以苹果花、龙眼花、荔枝花和油菜花、荆花为主,夏天的蜜就靠满山遍野的野花和各种野生药材的花朵了。

没有养过蜂的人,想到和看到的,往往就是四季如春的花田、花海,就像阿依扎刚认识曲木嘎的时候,想象着他每年追赶着美丽芬芳的花儿跑,是多么的"好耍"。其实呢,养蜂和放蜂的辛苦,只有养蜂人自己最清楚。所以,曲木嘎经常给乌格讲:"甜言蜜语最显眼,勤快苦干背后知,要当一个合格的养蜂人,你得比酿蜜的蜂子更勤快。"

风里来雨里去,天蒙蒙亮就顶着星星爬上山坡、钻进山箐,晚上再顶着银色的月亮回到村寨、回到临时搭起的棚子里,餐风宿露且不说,光是收割蜂蜜就不那么简单,得小心翼翼地做上十几道工序,而且全部靠手工完成。

"你吃的苦头有多苦,蜂子给你酿出的蜜就有多甜哟。"这是曲木嘎多年来从养蜂的日子里品味出来的真知。

和乌蒙山上老一辈的养蜂人不一样,曲木嘎头脑活泛,喜欢学习。有一年,他不知从哪里无意中听说,乌蒙山区有名的"养蜂大县"四川省古蔺县,那里的养蜂人,随便叫出一个名字来,都称得上是"土专家"。曲木嘎心里痒痒的,前年春天就特意翻过好几道山岭,带着二三十只蜂箱,去了古蔺县的双沙镇,找到了那里的一位有名的养蜂"土专家"陈师傅,虚心向人家请教。

曲木嘎真是一个勤快人!他在陈师傅的蜂场边搭了个窝棚,住了一个多月,一边照看自己的蜂箱,一边也去帮人家干些杂活儿,给陈师傅打打下手,结果还真取到了不少养蜂的"真经"。

陈师傅告诉他说，古蔺这边的蜂农都习惯"坐地养蜂"，这样其实并不好，坐地养蜂，不仅不能充分利用周边的花源，也浪费了不少的资源。"所以呀，曲木嘎兄弟，你要有信心，继续追赶着花期跑，累是累点，苦是苦点，但你割到的蜜，定准是好蜜哟！这叫作啥子你晓得不？"陈师傅笑着问道。

"叫作啥子？"曲木嘎不解。

"这就叫'追花夺蜜'嘛！"陈师傅开导曲木嘎说，"要想脱贫致富奔小康，你坐在那里不追不赶，啷个办嘛！"

陈师傅还给曲木嘎指点了好多新的花源："你们昭通那里是苹果之乡，苹果园多得很，我们古蔺这边柑橘多，柑橘蜜可是古蔺的好蜜哟！啥子时候你还可以去古蔺河、赤水河两岸摆上个一季两季的，那边荆条花多，'荆花蜜'也很要得嘛！"

曲木嘎给陈师傅介绍了乌蒙山区的"苹果之乡"洒渔镇四周，满山满坡的苹果园的景象。陈师傅听了，兴致勃勃地说："要得嘛，等下一个春天，我也要改改坐地养蜂的老习惯，把蜂箱拉到'苹果之乡'去摆一摆。"

"陈师傅，我们彝家人常说'野花开的地方蜜蜂多，养蜂人多的地方办法多'，那就这么说定了，我在洒渔那边的苹果树下等你哟！"

"要得，要得！"陈师傅还建议曲木嘎说，"好兄弟，你最好再扩大十来个箱子，自己忙不过来，就再找个养蜂的，一起搭伙搞起嘛！十口箱子能伺候，一百口箱子也一样伺候嘛！"

　　"陈师傅的心，怎就这么大呢？"曲木嘎暗自想了好半天，觉得光凭这一点，自己就得好好向这位"土专家"学习。"同样是养蜂人、放蜂人，差距怎么这么大呢？"想到这里，曲木嘎略带自嘲地在心里说道。

　　冬天里的阳光，像金子一样珍贵。快到晌午了，曲木嘎带着乌格，还在龙眼树下忙活着。父子俩一边干活，一边享受着温暖的阳光。这时，乌格看见阿爸用小铲子铲掉了蜂箱里的一些蜂巢。乌格不解，就问阿爸为什么要铲掉它们。

　　曲木嘎说："这是公蜂的巢，一只蜂箱里，公蜂不能太多，不然就会'天下大乱'，公蜂不会出去采花粉，只负责'传宗接代'。所以，如果公蜂多了，再多的工蜂也养不起它们，酿出的蜜都会被公蜂吃掉了。来，乌格，你也铲一下试试，用力要轻点哦！"

　　乌格接过铲刀，学着阿爸的样子，轻轻地铲着公蜂的蜂巢。

　　"阿爸，等我长大了，就帮你一起去养蜂子、放蜂子，好不好？"

　　"好是好，可是……"曲木嘎一听儿子的话，赶紧说道，

"绕着瓦檐飞的,不是瓦雀就是燕子,鸟笼子里也飞不出山鹰来。我的儿子,将来可不是要跟着阿爸养蜂子、给阿妈打年柴的哟!"

"那我做什么呢?要不就跟着毕摩爷爷学习种苹果吧?"

"苹果也不用你种!你要给阿爸、阿妈好好上学念书,念好多好多的书,以后还要飞出乌蒙山,到昆明念书,到上海、北京去念书!"曲木嘎说,"乌格,只要你能把书念好,以后不论你去哪里念书,阿爸都会追着你,把蜂子放到你念书的地方。"

"还要带上我阿妈哦!"乌格强调说。

"还用你说?"曲木嘎笑得咧歪了嘴,说,"那必须的!"

乌蒙山的春天

———— * ————

荞子花开在一起,颜色才能红艳艳;勤快的人聚在一起,办法就会滚滚来。

人勤春来早。当小小的蜜蜂们展开透明的翅膀,"嗡嗡嗡"地欢唱着,结伴飞出蜂箱、飞向远方的时候,温暖的春风已经拂过乌蒙山区每一道山岭、每一片小山坡上了。

在乌蒙山区,春天不是骑着马迅疾地奔下山冈的,而是像一个赤脚涉过小溪的牧鹅小姑娘,一步步、一步步,带着温暖,也含着微笑,走过井台,走过池塘,走过小河,走过田野,走过果园,走过一个个小小的村寨,把整个春天带给了春工忙忙的人们。

你听,从冬天最后的一丝寒意料峭的风中,你有没有听到牧鹅小姑娘轻轻的脚步声?好像来自小河的冰层下面,来自冷清的田野上,来自静静的金竹林和小树林之间⋯⋯

悄悄的、轻轻的而又清晰的脚步声越来越近了,山野上的一切,都因为她的到来变得朗润起来、温暖起来了。她朴素的裙子里，兜满了新的生命的种子；她一边沿路撒播着浅浅的绿色和淡淡的鹅黄色，一边唤醒沉睡的万物，唤醒所有弱小的、被遗忘和忽略的小生命，一个都不能少。因为，美好的春天是属于大地上所有生命的。

她站在明丽和辽阔的山野上，吹着清新的木叶，呼唤所有山村的孩子到野外来，到小河边来，到草坡上来。不少孩子会放起高高的风筝，迎接春天的到来。牧童们把小羊和牛儿放到草儿返青的山坡上，放到泥土软软的小河边，小羊和小牛犊们在流水淙淙的小河边尽情地撒欢儿、吃草，撒娇一样呼喊着自己的妈妈，美美地享受着早春的温暖和快乐。你看，小羊的皮毛上，小牛犊和牛妈妈光滑的背上，都洒满了温暖的乳汁般的阳光。

春天来了，殷勤的阿鸡谷（布谷），飞遍每一处远山、田野和树林，一遍一遍地呼唤着："种谷、种谷！松土、松土！种谷、种谷！松土、松土！"好像在召唤所有的农人，都快快打开篱院的门；也好像在召唤那些坐在教室里念书的小学生，快快让老师带着你们，来到松软的田埂上和暖暖的小山坡上奔跑一下吧！

早春的日子里，从天色蒙蒙亮的时刻开始，生活在乌蒙山区的彝家兄弟姐妹们就能听到阿鸡谷、竹鸡、斑鸠和金翅鸟的呼唤,如果侧耳细听,有经验的老人还能分辨出另一种清晰的鸟叫声:"阿桂荣,阿桂荣,阿桂荣……"

殷切的叫声,一会儿从这座山岭传来,一会儿又转到了远处的另一座山岭;一会儿好像飞进了深深的山箐,一会儿好像又飞过了高高的山峰。特别是在日头升起之前,在薄薄的曙色里,"阿桂荣"的叫声最急切,也最深情。它好像飞得很快,等到天亮后就无影无踪,再也听不到它的呼唤了。

哦,大自然中的每种植物、每只小昆虫,当然也包括每只小鸟,谁没有自己秘密的故事呢?乌蒙山区有个传说,这种名叫"阿桂荣"的小鸟,是一个名叫石宝的年轻人变的,在早春的黎明时分,他是在呼唤和寻找着自己的妻子"阿桂荣"……

"阿桂荣,阿桂荣……"大清早,老毕摩爷爷像往常一样,又早早来到自己的苹果园里转悠着,一会儿看看满树满枝的苹果花,一会儿又望望飘着淡淡的晨雾的远山。毕摩爷爷对待自己的这片苹果园可真是上心哪,每一棵果树都跟他亲手抚养大的孩子一样。

此刻,从远处的晨雾里又传来了几声弱弱的"阿桂荣,阿桂荣"的鸟叫声。毕摩爷爷小声念叨着,侧耳细听了好久,也没有看到小鸟的踪影。昨夜,淅淅沥沥地下了一场春雨,把果园里的泥土都润湿、润酥了。满树满枝的苹果花,正在争先恐后地绽放。

不一会儿,太阳渐渐从黑山那边升起来了,薄薄的白纱般的晨雾,很快就消散了;那些不肯消散的雾气,有的就隐藏在苹果树枝上的一簇簇、一团团花瓣上,变成了一颗颗亮晶晶的小露珠……

等到所有的晨雾都散尽了,一片明丽的、花满枝头的苹果园,沿着清凌凌的弓河,全部呈现在了太阳面前,好像正在发出邀请,邀请太阳的金线照耀到每一棵树上、每一条正在开花的枝条间。

"嗯,开吧,开吧,能开的,都随意地开吧!"

毕摩爷爷欣喜地、自言自语地念叨着,从一棵又一棵树下走过,好像每一棵苹果树,他都熟悉不过。碰到被满枝带雨的花朵压得有点弯了的树枝,他就赶紧伸出手,轻轻地帮着它们抖落一些晶亮的雨花。顿时,花瓣和雨花落了一地,花枝好像一下子变得轻松了许多。

哦,有谁见过苹果花的真实容颜呢?早春时节的苹果花,就像一个娇羞的小姑娘。当她还是一个小小的花骨朵的时候,她有着红艳艳的脸庞,或是粉红粉红的颜色,就像羞涩的小姑娘在紧紧抿着娇艳的小嘴;等她迎着明媚的春光慢慢绽开的时候，她小小的脸庞就渐渐变成了纯白色。这是一种轻柔的春雪的白，一种最纯的羊脂玉的白。一朵朵，一簇簇，一团团，或并排着，或簇拥着，灿烂的苹果花，挤满了每一根枝条，散发着清新的芬芳。这样的日子里，当你从苹果树下走过，你还会看到，每棵树下都像是铺着一层洁白的花瓣毯子。这些落下的花瓣，会让人情不自禁地想到"落红不是无情物，化作春泥更护花"的诗句。

毕摩爷爷也许不晓得这样的诗句，但他晓得，正是有了这春天里的花开花落，才会有秋天里满树满枝的红艳艳的苹果；正是有了一春春的深红、淡红和纯白的繁花，才能有一年年的淡苦、微酸、芳香和甘甜的收获。

"嗡嗡嗡，嗡嗡嗡……"满园的苹果花，引来了成队成群的蜜蜂。辛勤的小蜜蜂，正在赶着趟儿采集香甜的花粉，它们既能酿蜜，也能帮着苹果花完成授粉的工作。

"哦，苹果花开了，蜜蜂们飞来了，那个放蜂人曲木嘎和他的儿子小乌格，也该过来了吧？"

毕摩爷爷家的果园，一直延伸到了绕着山脚的小河边。他站在离小河不远的一棵果树下，朝着通往远山的那条小路瞭望了好一会儿。这些日子里，毕摩爷爷一直掐着指头数算着，等着放蜂人的到来。

春工忙忙的时候，果园里也是忙忙的。吃过早饭后，毕摩爷爷和他的两个儿子、两个儿媳，还有从昭通请来的一位果树管理农技师，以及从村里雇请来的几位帮工，都来到果园里，开始分工劳作了。

除去树下的杂草，围着果树开沟施肥，给果树"灌根"，剪去那些疯长的枝条，抖落一些多余的"谎花"……所有这些为果树"保驾护航"的事情，都必须在春日里完成。有不少苹果树已经很有些年岁了，有的树枝低矮得快要接近地面了，这就需要把预先备好的一些木棍、立柱、横梁、支架等材料，一一地给老苹果树安顿好，这样才能保证到了秋天，累累硕果不至于压弯、压断了枝条。

"早啊，毕摩爷爷，不好意思，我们又来向您讨教了！"

打招呼的人，是老鸹村那位年轻的驻村工作队队长朱伟。今天是个晴朗的好天气，朱伟带着一个队员和两个村民，还有老鸹村的村主任"老牛筋"，又到毕摩爷爷的果园学艺来了。

"要得，要得！"毕摩爷爷一见朱队长他们来，欢喜得眉开眼笑，说，"欢迎啊，欢迎啊，平时请'老牛筋'来，他都没这个闲工夫哇！领头的雁子飞得高、看得远，才不乱队形；领头的羊子走得端、行得正，才不乱羊群。老鸹村现在有你们这些年轻人领头，乡亲们总算晓得往哪里奔了！"

"毕摩爷爷,不是我们领头,是党中央的号召、国家的好政策,在给乡亲们领头哇!"朱伟笑着说道。

"哎呀,小高同志,你这是……怎么受伤了?"毕摩爷爷突然看到,和朱伟一起来的那个驻村队员,一只手臂正缠着绷带,吊在脖子上。绷带上还隐隐留着一些血迹。

"下雨天,山路滑,去给老乡送树苗时,他不小心滑倒了。幸亏山岩不算高。"朱伟说。

"哎呀,这怎么得了!叫城里来的小同志遭罪了!"毕摩爷爷心疼地说,"怎么不回昆明休息几天?先养好了伤再说。"

"没事的,您老放心吧。"小高扬了扬右手臂,笑着说,"好在右手还能干活!"

"唉,马缨花好看,全靠绿叶子扶持;彝家人能过上好日子,全靠党和国家的好政策抬举。'老牛筋'哪,老鸹村可不能再拖洒渔镇的后腿了!"

"不会了,老毕摩,您放下一百二十颗心吧!""老牛筋"觍着脸,略带尴尬地笑着说道,"都是在同一方水土上种庄稼的,喝的都是洒渔河的水,凭什么他们弓河村天天吃大肉、喝鸡汤,老鸹村就只能站在一边干闻味儿?"

"哈哈哈,老鸹村的乡亲们总算醒过来咯!醒过来好,

醒过来好,醒过来就有指望了。"毕摩爷爷笑着对朱伟和"老牛筋"说,"这几天正好我把镇子上的刘技术员也请过来了。刘老师忙得很,好不容易才把他留下几天,你们正好跟着听听、学学。喏,他正在那边指导几个女娃娃剪枝子。"

"太好了!我们这算是'凿壁偷光'啦!"朱伟又笑着问道,"对了,毕摩爷爷,你上回说的那位彝山的养蜂人,还没有过来吧?"

"哦,你问的是曲木嘎呀!"毕摩爷爷手搭凉棚,下意识地朝着通往远山的小路望了望,说,"应该快来了,往年都是这几天就会到了。"

"是这样,我们那里也有几户养蜂人,有十几只蜂箱的,有二三十只蜂箱的,想请个有经验的养蜂人给指点指点。外面的养蜂专家,远水解不了近渴,不如就请这位送上门来的彝山兄弟给指点指点,如何?"

"嗯,这个主意好!"毕摩爷爷说,"老话说得好!荞子花开在一起,颜色才能红艳艳;勤快的人聚在一起,办法就会滚滚来。"

哎,春天总是那么殷勤。她以殷勤的布谷的歌声,一声声唤醒大地上所有的生命,唤醒勤劳的人们去播种新的希望、新的梦想,也唤醒所有沉睡的小草和花朵绽开笑脸,唤醒满山满谷的野樱花和火红的索玛花迎风开放，唤来那明媚而朗润的杏花、梨花和苹果花盛开的三月天。

春天也总是那么慷慨。她给大地万物送来丰沛的雨水和温暖的南风，并且竭尽全力把大地山河装点得花团锦簇、分外妖娆。她让一切梦想都在温润的泥土下萌芽，让所有能生长的都开始生长，甚至让所有错过季节的种子，也在沙沙的细雨中获得萌发的机缘。

是呀，春工忙忙的日子，谁愿意闲着呢。听，从远远近近的山岭上，忽一声高、忽一声低的布谷的呼唤，正不间断地传到毕摩爷爷的苹果园里："种谷、种谷！松土、松土！种谷、种谷！松土、松土！……"

骆驼泉的传说

———— ＊ ————

他乡的泉水再多再清，也比不上骆驼泉的水清凉和甘甜。

在沙漠上行走的旅人，每一滴水都是他们生命的甘露，而价值再昂贵的黄金，对于旅人来说也不过是一撮尘土。

在戈壁上行走的旅人，每一片绿荫都是他们栖息的家园，而装饰再豪华的宫殿，对于旅人来说，也不过是一间茅屋而已。

古代的丝绸之路，除了各种特产和人类文明成果的交流与传递，除了各种植物的迁徙，也为一些民族和族群的迁徙、融合，带来了更多的可能。这时候，古老的丝绸之路就像一条无言的圣途，默默地承载了许多榴花西来、英雄东归的故事。

有一个美丽的传说，很久很久以前就在古老的丝绸之路上，在一代代撒拉族兄弟姐妹的口头上流传。故事说的是年轻的尕勒莽、阿哈莽兄弟俩，有一天率领着一支忠诚的队伍，沿着古老的丝绸之路，跋涉进了茫茫的戈壁滩……

　　撒拉族，是中华民族这个多民族大家庭里的一员，主要生活在青海省循化撒拉族自治县、化隆回族自治县，还有甘肃省积石山保安族东乡族撒拉族自治县。撒拉族兄弟姐妹常常自称是"撒拉尔"，简称"撒拉"。"撒拉尔"是古代波斯的一个部落，首领就是尕勒莽、阿哈莽兄弟俩。位于中亚的撒马尔罕，是撒拉尔人最初的居住地。我在青海循化撒拉族自治县采风时，撒拉族的兄弟告诉我说，县城以西大约七公里远的街子镇，就是传说中他们的先民从撒马尔罕最早迁居的地方。

　　传说很久以前，尕勒莽、阿哈莽兄弟俩率领着这一支撒拉尔人，含泪离开了自己的家乡撒马尔罕。不是他们不热爱自己的家乡，只因为这兄弟俩在撒马尔罕很有威望，因而遭到了那里的国王的忌恨和迫害。兄弟俩率领着同族的18个人，翻越了无数座冰山雪岭，又越过了茫茫无边的沙漠荒滩。他们的队伍里还有一峰白色的骆驼，骆驼上驮着一部手抄的《古兰经》经卷。此外，还有一瓶干净的泉水和一袋纯净的泥土，象征着他们对家乡的热爱和眷恋。他们沿着太阳升起的方向，一直向东方走去，要去寻找一块水土和家乡相合的地方，重新创建自己的家园。

可是，那理想的家园在哪里呢？他们离心目中的那片乐土，还有多么遥远呢？斗转星移，他们不知道已经行走了多少日子，所有的人，还有那峰白骆驼，都已十分疲惫了。更糟糕的是，这时候，连最后的一点清水和粮食都没有了，派出去寻找清水的人，也看不见回来的影子。

唉，水，纯净的水啊，你在哪里淙淙流淌？这支疲惫的队伍，在哪里能找到你这生命的甘泉？这一支辛勤和智慧的撒拉尔人，难道真的走到了生命的边缘？

就这样，他们在艰辛的旅途上又度过了许多昏昏沉沉的荒漠之夜，茫茫的大漠上，只剩下灰烬已残、即将熄灭的一小堆篝火。作为首领的兄弟俩，差不多快要绝望了，所有的人都紧紧地依偎在一起，准备着向世界做最后的告别……

可是就在这时，他们忽然听到了叮咚、叮咚的声音，那么悦耳动听，但是又不像是大风吹动芨芨草和沙棘所发出的声音。

他们一个个屏气凝神，似乎还不敢相信自己的耳朵！——啊，原来是泉水，真的是一股泉水在流动。

"没有错，你们听，你们听啊，只有清清的泉水，才能奏出这么好听的音乐……"有人惊喜地这样说道。

所有的人顿时都激动起来，他们追寻着水声，一步步向前,就像从绝望的寒冬,一步步走向温暖的春天。

果然,还没走出多远,他们就看见了一股清清的泉水,圆圆的、黄色的月亮映在水中,还有宝石一般的星星,也在清凌凌的水波里闪烁着。

"水!水啊!这是真正的水,可不是在做梦呢!这是神赐给我们的生命的甘泉,是命运在拯救我们逃出灾难啊!"于是,这群历尽艰辛的人,都大捧大捧地捧起清凉的泉水,尽情地喝了起来。他们觉得,这里的泉水,比任何地方的水都更清凉,也更甘甜。所有的人都看到了新的希望,他们鼓足了勇气,准备继续上路去寻找自己的家园。

这时候,有人突然想起了那峰白骆驼。它是有生命的动物,一路上却总是像植物一般地沉默着,默默地陪伴着大家一起前行。对呀,这会儿怎么不见白骆驼了呢?

"白骆驼是我们最忠诚的朋友,如今怎能把它弄丢了!"于是他们找呀找呀,从夜半时分一直找到天亮时分。

然而,所有的人都没有想到,这时候,白骆驼早已经变成了一块巨大的石头,它再也不能和大家一起在戈壁和沙漠上跋涉、前行了。它是献出了自己的生命,为大家换来了一股泉水——也让这支濒临绝境的队伍,看到了希望,获得了新的勇气和信心!

等到天色大亮了，星星和月亮都看不见了，东方重新露出绯红的曙色的时候，这一群人顺水而上，终于找到了白骆驼。

只见它一动不动地卧在远处，浑身闪烁着石头的光泽。一股清清的清水从它嘴里喷出来，涓涓不息地流向了沙漠和远方，而白骆驼高高地昂着凝固的头颅，朝着家乡撒马尔罕的方向。

孕勒莽、阿哈莽兄弟俩和其他所有的人，面对着变成了石头的白骆驼，一下子跪倒在地上，感激的泪光在每个人的脸上闪烁着。

这时，有一个人高声喊道："我们为什么不拿出从家乡带出的水土，对比一下，看看和这里的水土是不是相合呢？"

人们恍然大悟，连忙拿出了从家乡带出的水和土，仔细地测试着这里的水土，期待着命运做出最后的选择。

结果是，这里的水和他们家乡撒马尔罕的水，一样甘甜、一样清澈！这里的土和他们家乡撒马尔罕的土，有一样的重量、一样的颜色！

他们终于成功了！他们历尽了千难和万苦，终于找到了理想的乐土。从此，他们就在这片乐土上定居下来，开始了崭新的生活。

他们定居下来的这个地方，就在今天青海省循化撒拉族自治县县城以西约七公里的地方，名叫街子镇。生活在这里的撒拉族兄弟姐妹都说，他们的先民，最早就是从撒马尔罕迁徙到街子镇的。尕勒莽、阿哈莽兄弟俩带领着他们的祖先，走过了那一段艰难的东归之路。

生活在这里的撒拉族兄弟姐妹们也常常这样说，在大沙漠上跋涉的撒拉族人，即使走遍天涯海角，也忘不了心中的骆驼泉；他乡的泉水再多再清，也比不上骆驼泉的水清凉和甘甜；在大沙漠上跋涉过的撒拉族人，子子孙孙无论经过多少代，也忘不了心中的骆驼泉；他乡的故事再多再美，也比不上骆驼泉的故事，这样深深地扎根在了一个民族的心间。

现在，乌兹别克斯坦的撒马尔罕已经被列为世界文化遗产，联合国教科文组织评价这座古城是"文明交会的十字路口"。不仅是生活在中国的撒拉族兄弟姐妹中间，就是在今天的撒马尔罕，骆驼泉的美丽传说，仍然在年青一代人的口头传颂着，是丝绸之路上流传最久，也最为古老和动人的故事之一。

其美多吉的邮车

*

"山再高、路再险,没有邮车翻越不了、征服不了的。"

一

凌晨时分,四野茫茫。狂风夹着雨雪,在鄂西山岭间的道路上肆虐着。茫茫雨雪夜、沉沉黎明前,两股车灯的光亮,照射着前面的雨线和飞雪,一辆邮车缓慢地向着前方行驶着、行驶着……前方就是武汉的方向。

这是2020年早春的雪夜。漫天的飞雪不是在为人们迎接春天的到来,而是给所有紧急奔向被新冠疫情所笼罩的武汉的逆行者,增添了更多的艰难和寒冷。但是,这辆满载着口罩、防护服等抗疫物资的绿色邮车彻夜不停,正在转过一个一个风雪呼啸的山口,奔赴在从成都去往武汉的千里风雪路上。

谁也没有想到,开车的人竟然是全国人民熟悉和敬佩的"时代楷模""最美奋斗者",也是"感动中国2018年度人物"

其美多吉，坐在他旁边的副驾驶座上、随时准备轮换驾驶的一位年轻人，是其美多吉的临时搭档肖文远。

车灯的光束，在这漆黑的风雪之夜里显得格外明亮，仿佛要透过前面的雨线和飞雪，把茫茫的、蜿蜒的山路照穿。邮车向着前方，坚定地、一段段地挺进、挺进……

其美多吉是四川省甘孜藏族自治州德格县龚垭乡（现龚垭镇）人。小时候，他跟着阿爸、阿妈在雪山下的小山村里生活。阿爸是一位乡村老师，头脑里装着许多藏族民间故事。每天晚上睡觉前，阿爸都会给小多吉讲藏族英雄格萨尔的故事。阿爸亲切的声音和格萨尔的传奇故事，陪伴着小多吉进入一个个梦乡。

阿爸教书的地方离家很远。那时候也没有像样的道路和便捷的交通工具，阿爸每次回家，都是骑着一匹枣红马。所以，多吉很小的时候就学会了骑马。骑在阿爸的枣红马上，在家乡的雪山下奔驰的时候，小多吉多次想象着，自己好像变成了穿着金甲、戴着头盔的英雄格萨尔……

1954年冬天，著名的川藏公路通车了，德格县也第一次开通了雪线邮路。当时，能开到高原上的车辆很少，多吉在家乡见得最多的车子，就是沿着雪线邮路开来的绿色邮车。

家门口就是伸向远方的川藏公路。远去的邮车，更是代表着无尽的远方。每次看到邮车开来或开走，少年多吉都会和乡亲们一样，不停地招手致意。遇到晴朗的天气，远远地看到邮车或是军车开来了，多吉还会和小伙伴们一起，追着车子跑上一段路程。连车子散发出来的汽油味，都让他感觉特别好闻。

这时候，阿爸、阿妈会告诉他，军车和邮车，都是藏族人民的恩人——共产党派来的，是专门往藏区运送物资、邮包和家书的。每次望着渐渐远去的邮车，多吉就想：要是有一天，自己也能当上一名邮车司机，那该有多美啊！

1981年春天，其美多吉18岁了。他花了一元钱，在书店里买到了一本《汽车构造与修理》，开始摸索着学习修理汽车。虽然是"纸上谈兵"，但他慢慢地把车身、轮胎、零件、螺丝钉……都摸清楚了。

1989年，德格县邮电局有了全县历史上第一辆邮车，并在全县遴选驾驶员。其美多吉幸运地被选上了，开上了全县唯一的一辆邮车。这年他26岁。连他自己都没有想到，这一开就是30多年！

30多年来，多吉驾驶着他心爱的绿色邮车，在康定和德格之间的一条邮路上来来往往，累计往返了6000多次。仅往返1208公里的雪线邮路最险路段，累计行程就有140多万公里，但他却从未发生过一起责任事故。

那段雪线邮路到底有多险峻呢？当地的藏民们说，那是一条"离死神最近的路"。多吉的邮车如果从康定出发，先要翻越一座海拔 4200 多米的折多山。当地有句民谚："翻死人的折多山。"折多山弯多路险，常年风雪弥漫，山路一直蜿蜒盘旋到山巅，让人望而生畏。

翻越过了折多山，还有一座号称是"川藏第一险"的雀儿山。雀儿山上的公路，更是像一条窄窄的飘带，飘展和盘旋在一道道悬崖边，一年里差不多有 10 个月的时间，道路上都有冰雪覆盖。垭口的海拔有 5050 米，最窄的山路不足 4 米，仅仅能容一辆车子缓缓开过。当地也有两句民谚，"车过雀儿山，如闯鬼门关"，"爬上雀儿山，鞭子打着天"。

雀儿山的夏天景色很美，不过十分短暂。一到 9 月和 10 月份，雀儿山就开始下雪了。如果是在"风搅雪"的恶劣天气，凛冽的风雪会"搅"得天地间茫茫一片，几乎分不清哪里是山路，哪里是悬崖。所以人们说，在冬天里开车翻越雀儿山，简直就是在"拿生命开玩笑"，一般人是绝不敢在冬天开着车子上雀儿山的。

除了折多山和雀儿山这两座大山，沿途还有大大小小 17 座山。折多山和雀儿山能让很多人望而却步，却无法让其美多吉低头。他常年在这条邮路上往返,练就了一身胆大心细的高强本领。在2017年9月雀儿山隧道通车前,多吉每月至少要在这条雪线邮路上往返20次。有一次,因为风雪太大,路上遇到了雪崩,积雪太厚,他只能一边铲雪一边开车,不到1000米的路程,竟然走了两天两夜。

他是一位开邮车的司机。他的心中只有一个信念:只要有邮件,邮车就得上路;只要有人在,邮件就一定要送到目的地。其美多吉有一句名言:"山再高、路再险,没有邮车翻越不了、征服不了的。"每次开着邮车上路,他都会高兴地唱上几句《向往神鹰》:"在每一天太阳升起的地方,银色的神鹰啊来到了古老村庄。雪域之外的人们,来自四面八方……啊,密密茫茫的山,啊,遥遥远远的路,噢,是谁在天地间自由地飞翔?啊,神鹰啊,你把我的思念带向远方……"

他是雪域高原上的藏民们心中的信使,更是一位带来吉祥和喜讯的亲人。30多年来,他开的邮车不断升级更新,吨位越来越重。多吉自豪地说,这不仅仅只是一辆邮车的变化,更代表着乡亲们生活的变化。以前,乡亲们的信件和包裹很少,一般都是送到县城就可以了,很少送到村子里去,因为村里外出的人少,接受教育的人也少,没有什么信件往来。

现在可大不一样啦！村子里上大学的孩子多的是，书信也多了。人们挣的钱多了，买的东西也就多了，还学会了网购，所以各种包裹快递都从外面运进来了。

多年来，细心的多吉还形成了一个习惯：每年6月和7月份，都是他和他们的邮车车队最为谨慎、需要特别注意的月份。因为这时候孩子们的各种录取通知书就要到了。多吉说，在以前，哪个村里面考上了一名大学生，全村都会轰动。现在好了，几乎家家户户都有大学生了。生活在偏远的高原上的孩子考上大学不容易，这可是关系他们一生的大事，所以必须把每一份录取通知书，更快、更安全地送到每家每户和每个孩子手中，这样才觉得放心。

当然，多吉的邮车上，不仅仅装载着藏区孩子们的录取通知书，还有能帮助乡亲们科学致富的报刊和书本，有党和国家对藏区百姓关怀和扶持的好政策，有藏族兄弟们脱贫致富奔小康的梦想……

2018年3月，国家交通运输部把其美多吉开着邮车走了30多年、从康定到德格的这条邮路，正式命名为"其美多吉雪线邮路"。

二

2020年春节前夕，武汉暴发新冠疫情，一下子揪紧了全国人民的心。除夕那天，多吉在北京参加完央视春晚后，大年初一就赶回了成都。"我早就做好了准备，只等出发的电话了。"他说。

可是这时候，甘孜州也出现了疫情，回甘孜的车辆都被劝返了。眼看着一下子回不到工作岗位上，多吉在成都急得火烧火燎。实在坐不住了，他就给四川省邮政分公司党委写了一封"请战书"，请求就地加入到防疫物资的运输队伍中。

他在请战书里说："作为一名从'雪线邮路'这个英雄团体历练出来的先进邮车驾驶员代表和一名共产党员，更觉得自己责无旁贷，想和同事们一起为保障防疫物资运输贡献一点自己的力量。在此特向省公司党委请战，愿随时听候组织调遣，奔赴防疫物资（运送）第一线。"

他的请战书得到了批准。2月14日下午1点，一辆装着100多吨防疫物资的大邮车，从成都上路。执行本次赶往武汉邮运任务的驾驶员，除了其美多吉，还有一个年轻人，也是一位年轻的共产党员，叫肖文远。多吉算了算，两个人轮换着不停地开车，路上要走40多个小时。为了尽可能早一点把防疫物资送到武汉，两个人一路上轮流着驾驶，日夜兼程。

多吉说，我跑了30多年雪线邮路，但跑这条邮路，还是第一次。好在小肖师傅已经跑了好几趟武汉了，他现在是我的师傅，一路上我都是听他的。

因为路途遥远，中间还要经过鄂西山区，那一带的气候变化无常，四川省邮政分公司给他们装备了最好的邮车，两个人还带足了5天的水和干粮。

果然，路上一会儿是雨天，一会儿又扬起了雪花。这时候，发布了一条新闻：湖北启动重大气象灾害三级响应，近日将现寒潮和中到大雪天气。

2月15日凌晨1时30分，多吉的邮车进入了湖北境内。雨夹着雪，越下越大，窗外响着呼呼的风声。

进入鄂西恩施的野三关山区路段后，路面上冰雪湿滑，天还没亮，他们只能全神贯注地缓慢行驶。因为高度紧张，两个人的内衣都湿透了。多吉说，这个时候，为了保证安全，邮车必须降速，原本限速100公里/小时的路段，他们也只敢跑70公里/小时，不然邮车就要"飘"。

为了保存体力，多吉和肖文远轮换着开车。两个人都不是头一次在这么恶劣的气候条件下开车，当然也不是头一次在黑夜中长途行驶。多吉虽然是第一次开车走这条道路，但

30多年雪线邮路的经历，使他对自己的驾驶技术十分自信。肖文远曾开着邮车在这条路上几次往返，所以，把最险要的路段开过了之后，心里的那份紧张也放松了不少。

两个人为了给彼此提神，一个开车的时候，另一个就给对方讲故事。肖文远给多吉讲了自己在汶川地震、芦山地震时，连夜赶路运送物资的经历。他说，2008年5月12日汶川地震时，他们邮政的车辆在12日当晚就把第一批救灾物资火速运进了都江堰，当时很多人都还在往外跑，都江堰有的地方还余震不断，但他们开着装满救灾物资的邮车还在"逆行"……

其美多吉给肖文远讲了自己在折多山和雀儿山的大雪中经历的故事："在那条雪线邮路上，冰天雪地里往往只有邮车还在路上，跟我们此时开着邮车执行赶赴武汉的任务十分相似……"

三

是的，自从川藏公路通车后，在折多山和雀儿山上跑得最多的车辆就是多吉的绿色邮车。"邮车是我们能见到的为数不多的绿色，邮车驾驶员多吉，是我们道班工人最熟悉的

人。"曾在雀儿山五道班担任班长的曾师傅这样说过。在他和工友们的记忆里，只要看见了其美多吉和他的绿色邮车开来了，就像在严寒和迷茫的大风雪中看到了希望、生机和力量一样。

通常都是每天下午三四点钟的时候，多吉的邮车就会经过五道班作业的地方。这时候，性格豪爽、为人热情的多吉，远远地就会按响邮车喇叭，跟工友们打招呼。

那时候手机通信并不发达，工人们和家人的联系主要靠写信。其美多吉每次路过时，总会主动询问一下五道班的工友们要不要给家里发电报、送家信或汇款。他几乎把每个工友的家庭地址都记住了。

逢到过春节的除夕夜，雀儿山上没有年夜饭，更不会有鞭炮声，只有呼啸的风声，夹杂着一声声瘆人的狼嚎。

这个时候，一般的司机都会开着车子赶回家去跟亲人团聚，可是，其美多吉总是开着邮车离开家，赶到雀儿山上来，和工友们一起度过除夕夜。他的车里带着牦牛肉、青稞酒、蔬菜、水果，算是给五道班的工友们带来的"年夜饭"。

2017年，雀儿山隧道正式开通的前一天，多吉和同事们开着邮车，最后一次翻越雀儿山，特意来和养护这段公路道班的工友兄弟们道别。在垭口，几个五大三粗的汉子紧紧拥抱在一起，泪流满面。有的人流着泪说："多么值得庆幸啊，这么多年过去了，我们每个人都还活着，都还挺立在雀儿山的风雪里！"

多吉在雀儿山经历的很多故事，说起来实在是惊心动魄的。在一个大雪天里，20多辆车子被困在一段有80多米高的陡坡上，路面已经结冰，车轮稍微一动就可能打滑，司机们谁也不敢继续往前开了。这时候，正好其美多吉开着邮车来了。

多吉下车仔细察看了一下，说："我有经验，我帮你们开过去吧。""这……这可不是开玩笑啊！""相信我！"多吉胆大心细，一个人一次次地上上下下，竟然把20多辆车子都安全地开过了这段令人望而却步的险坡。

20多辆车子开过去后，他已经浑身是汗。回到邮车上时，汗水湿透的衣衫冷冷地贴在他的身上，冻得他直打哆嗦。不过，听到前面每一辆车都用响亮的鸣笛向他致谢时，他的身心瞬间又觉得无比的温热了。

还有一次，也是大雪天，他开着邮车经过石门坎时，看到前面的路面有一个坑，就下车到路边去搬石块来填上。可是，当他弯下腰去搬石头时，突然发现雪地上还躺着一个人，嘴唇都已冻紫了！多吉心里一惊，还以为这人已经被冻死了，就赶紧伸出手试了一下他的鼻孔,还有气息!多吉赶紧脱下皮大衣紧紧裹住他,给他增加热量,然后把他抱进车里,快速往德格县开去。

  这个人总算得救了!事后,他找到其美多吉,流着热泪说:"恩人哪!要不是碰上你,我这把骨头就扔在雀儿山上了!"这样的事情,多吉做了一次又一次。他的同事们说:"多吉真了不起呀!竟把一条风雪弥漫的雪线邮路,变成了一条有温度有温情的路!"

四

  2月15日凌晨,天快要亮了。肖文远告诉多吉说:"多吉师傅,现在,最难走的路已经被我们甩在后面了,前面离目的地已经不太远了。"多年来,多吉养成了一个非常好的习惯:每天总是把自己心爱的邮车擦拭得干干净净的;自己的穿着也总是保持无比整洁。所以很多人都说,多吉看上去不像一位邮车司机,更像一位艺术家。

  这时候,多吉就建议肖文远说:"我们在前面的服务区里稍微停一下,'整理'一下,可不能让湖北的同事看到我们疲惫不堪的样子,要让他们感到,我们不仅是来送防疫物资的,也是来给湖北的同事们加油、打气,送来希望和信心的!"肖文远一听,十分赞同,笑着说:"多吉师傅,真不愧为'老司机'呀,姜还是老的辣啊!"

最后,两个人的聊天,就在"我们是党员,我们不上谁上,身上的绿色制服就意味着责任……"中结束。

东方的天际已经露出了一抹微光。"曙光在前了!"多吉和肖文远相视一笑。他们都知道,黎明到来之前,邮车就能抵达武汉了。

这时候,离武汉还有一段距离,肖文远很想听听其美多吉孤身勇斗歹徒的那一次历险故事。但多吉不肯多讲,因为那是他心中的痛苦的回忆……

原来,在那条雪线邮路上,沿途不仅路况险要复杂、气候异常恶劣,以前还常有一些目无法纪的车匪路霸在黑夜里出没。

2012年7月,其美多吉就遭遇了一伙劫匪。那天晚上,多吉开着邮车行至一处陡坡,车速减慢时,路边突然冒出了十几个人,挥舞着砍刀、铁棒等凶器,把邮车团团围住。歹徒们还一边打砸着车门,一边疯狂地往车上爬去,准备抢劫邮车上的物品。

邮政工作中有一项规定:每一车邮件中,都有一个特别的邮袋，里面装着机要邮件。"大件不离人，小件不离身"，是对机要邮件管理的特别规定。为了保护邮车和机要邮件，多吉跳下驾驶室，拦在邮车前面，对着歹徒们高声吼道："你们要打就打我吧，不准损坏我的邮车！"结果，砍刀、铁棒加上拳打脚踢，一齐朝多吉袭来。

这次遭劫遇袭，多吉的肋骨被打断4根，颅骨被砍掉了一大块，右耳朵被砍伤，左脚左手静脉被砍断，全身有17处刀口，还有多处骨折。送到医院后，手术持续了8个小时才做完。之后，他在重症监护室里躺了7天，又在住院部住了半年，中间又经历了大大小小的6次手术。

他醒来后，最挂念的是邮车和邮件。幸好，车上的邮件全部被追回了。多吉对妻子说："要是邮件追不回来，我是真的没脸再当邮运人了。"当时，他的伤情在好转过程中，左手和左臂却一直动不了。"我们藏族人穿的藏袍有根腰带，当时，我连腰带都系不了。一个藏族男人，如果系腰带都需要别人帮忙，还有什么尊严？"想到这里，从来没有向艰难困苦和劫匪歹徒们低过头的多吉，这个高大的藏族汉子，这一次，竟难过得流出了泪水。

为了能重新回到工作岗位上，再次握住邮车的方向盘，多吉四处求医。有一阵子他竟然忍着剧烈的疼痛，用外力强行扯断了已经粘连起来的肌肉组织,好让它们重新康复和准确愈合。这得需要多大的毅力啊!坚强的多吉咬紧牙关,竟然把一般人无法想象、连医生都不敢相信的剧痛,默默地扛了下来。

咬着牙坚持两个月后,奇迹出现了!受伤的左手和左臂的运动机能,竟然恢复过来了!伤愈后,多吉不顾同事和家人的劝阻,立刻回到邮政车队报到。回归车队那天,同事们为他献上了洁白的哈达,他转身把哈达系在了绿色邮车上。

"人要凭良心做事,是组织的关心和同事的帮助,让我得到了及时救治,获得了第二次生命。我要带着一颗感恩的心,重新回到雪线邮路上。"多吉这样说道。

五

2月15日上午9点半,其美多吉和肖文远的邮车,终于驶进了武汉市内,停在了武汉邮区中心局的院子里。从成都开到武汉,这段漫长和难走的路程,他们仅仅用了不到21个小时。此时,绿色邮车的车顶上,还覆盖着一层雪花。

"辛苦了,其美多吉师傅,肖师傅!""好样的!您是当之无愧的'最美奋斗者'!"武汉的同事们一边卸车,一边纷纷向他们道谢和表达敬意。

这趟邮车带来的物资中，包括口罩39件100500个，防护服34箱1000件，猪肉罐头50件。此外，邮车车头中还整齐地码放着5箱共200台收音机。其美多吉告诉武汉的同事们说："来之前，我们做了点'功课'。武汉患者很多，患者心理压力很大，我们了解到，武汉方舱医院的患者可以通过电台随时了解疫情动态，因此受四川广播电视台的委托，把这200台收音机送到患者身边，希望他们每天能听到政府的关心、大家的支援，这样可以驱散焦虑，稳定情绪，坚定抗疫必胜的决心和信心。"

11点10分，卸货和装货都完毕了，多吉和肖文远连午饭都没有留下来吃一口，就又跳进驾驶室，踏上了返回成都的路途。"肖师傅，返程路上咱们可以稍微轻松一点了，来，我给你唱一首我们藏族人的歌。"多吉说着，又像往常出车的时候一样，轻轻地唱起了他最爱唱的一首藏族歌曲：

一双粗糙的大手，
刻满人生酸甜苦辣，
世上只有雪山崩塌，
决没有自己倒下的汉子。
如果草原需要大山，

那一定是你,
憨憨的阿爸。
……

邮车刚出发不久,湖北境内又下起了大雪。漫天飞舞的雪花,好像在默默地为多吉和肖文远的邮车送行。

戴红星斗笠的小姑娘

※

"就是在这个小小的山口,红军吹响了冲锋的号角……"

茫茫黑夜里,一支穿着草鞋、打着火把的红军队伍,跨过静静的于都河,向着远方,向着祖国召唤他们的地方奔去……

细妹子的爸爸也参加了红军。细妹子和妈妈站在路边,为爸爸送行。细妹子踮起双脚,给爸爸戴上斗笠。明亮的火把,映照着爸爸坚毅的面庞。

妈妈也把一顶顶斗笠,戴在年轻的红军叔叔们头上。每顶斗笠都是妈妈亲手编的,斗笠上描画着闪闪的红星。

"妈妈,爸爸和红军叔叔还会回来吗?"

"会回来的,等他们为穷苦人打出了天下,就会回来的!"妈妈一边教着细妹子编斗笠,一边告诉她。

很多年过去了。爸爸和许多红军叔叔一样,都在远方牺牲了,再也没有回来。妈妈也不在了。当年的细妹子,变成了阿婆。

弯弯的山路伸向远方，就像阿婆长长的记忆……

战争年代里，阿婆把自己的丈夫和两个儿子，都送进了自己的队伍。如今，只有墙壁上的旧相片，陪伴着阿婆的晚年。

阿婆很老很老了，可她每天还是闲不住。井冈山上多的是竹子，阿婆从小就跟妈妈学会了编斗笠。跟妈妈当年一样，阿婆编的斗笠上，也描画着闪闪的红星。

每个星期天的早晨，小翠都会穿上一身小红军的灰布军装，戴上缀有红五星的八角帽，来看望阿婆。阿婆是小翠的太奶奶。

"哎，我们的'红军小百灵'又飞来啦！"太奶奶轻轻抚摸着小翠八角帽上的红五星，"太奶奶眼神不好使了，可这红五星红得真耀眼哪！"

有时，太奶奶会手把手地教小翠扎起竹骨，扯着柔软的竹篾，学着编起斗笠来。

"太奶奶，你编的斗笠好漂亮哟，游客们都舍不得戴，说要带回去留作纪念哪！"太奶奶听到小翠的话，可高兴啦！

"哦，不是太奶奶编得好，是客人们在念着红军的好哇！"

小翠是井冈山中学的一名少先队员。从四岁开始，每到周末，她都会穿上小红军的军装，系上鲜艳的红领巾，背上小小的扩音器，在井冈山上的各个景点，为远方来的游客当小小讲解员。

"请看，在这条窄窄的山道上，红军叔叔帮乡亲们挑过稻谷……"

她的声音，每一块水田能听见，每一片山岭也能听见。

"跨过这座小石桥，老乡们给红军驻地送过红米和南瓜……"

她的声音，每一片竹林能听见，每一条小河也能听见。

"就是在这个小小的山口，红军吹响了冲锋的号角……"

她的声音，每一座山口能听见，每一座小村也能听见。

"这座高高的山崖下，浸染过红军叔叔的鲜血。美丽的映山红年年盛开，是因为红军叔叔的鲜血浇灌过它……"

她的声音，每一棵松树能听见，每一丛映山红也能听见。

有时候，讲着讲着，她纯真的眸子里就滚动着晶莹的泪花。她是想到了那些倒在血泊里的、年轻的红军叔叔的脸庞吗？还是想到了自己太奶奶艰苦的一生？想到了太奶奶一次次送走的、永远不再回来的亲人们？

"来到这里，请大家把脚步放得轻一点，再轻一点。在这座高高的纪念碑下，安眠着无数红军叔叔的英灵……盛开在纪念碑下的这些像五角星一样的茑萝花,也叫星星花。但我们井冈山人更喜欢叫它们'红军花'……"

她把脚步和声音,放得轻轻、轻轻。但是她轻轻的声音,纪念碑能听见,蓝天也能听见。

"当年,长长的黑夜里,红军离开井冈山时,为了不迷失方向,他们沿途每走上一小段山路,就会留下一颗红五星,作为指路标记,好让走在后面的人,循着红五星找到自己的队伍,永不掉队。红军叔叔们走了,但红五星永远留在了他们所经过的大地上,留在了这片山岭的羊肠小道上,就像红色的火种一样……"

她轻轻的声音,大地能听见,长眠在大地下的红军叔叔们也能听见。

"第二年春天,当布谷唤来了第一声春雷,人们忽然发现,红军走过的山岭上,到处开满了这种美丽的红五星花,星星点点,散布在春天的大地上……"

她清亮的声音,风能听见,云彩也能听见。

一天天,一月月,一年年……不知不觉,小翠已经坚持了七年,成了井冈山上有名的"红色小导游",游客们都亲切地称她是"井冈山上的小百灵""戴红星斗笠的小姑娘"。

她不仅会给远方来的游客们讲解家乡的红色历史、红色

故事，有时，也用小扁担把太奶奶亲手编的红星斗笠，挑到各个景点，分送给远方来的游客……

下雨天，圆圆的红星斗笠，为兴致勃勃的游客遮挡着绵绵细雨；晴天里，漂亮的红星斗笠就像井冈山的标志之一，成了游客们拍照留念时的"亮点"。

纪念碑下的花坛里，也开满了鲜艳的"红军花"。小翠带着游客们，弯下腰来，为美丽的小花浇水、除草……

"井冈山的乡亲们为什么喜欢把这种鲜艳的小花叫作'红军花'？因为它们是红军播下的红色种子，一条条开满'红军花'的小路，年年在等待亲人们回来……"

她深情的声音，阳光能听见，彩虹也能听见。

"我有一个美丽的梦想，就是让全国、全世界更多的人，来到井冈山上走一走、看一看，它是工农红军和革命的摇篮，也是我们家乡最美的绿水青山……"

哦，她自豪的声音，河流能听见，群山也能听见。

太奶奶每天还在不停地编哪编哪，编出一顶顶美丽的斗笠。斗笠编好了，小翠照着太奶奶的样子，用毛笔蘸着红颜料，在斗笠上描画出一颗颗红五星。

站在弯弯的山路上，戴着红星斗笠的小翠，送走了一拨又一拨远方来的游客。游客们带走了美丽的红星斗笠，也带走了井冈山的故事，带走了对红军的热爱和怀念……

红军叔叔们走过的小路，弯弯曲曲伸向了远方，连着开满"红军花"和映山红的山岭、大地……

小翠能看见。阿婆能看见。游客能看见。

红军叔叔们，一定也能看见。

小宝的泼水节

———— * ————

"依拉贺,水水水!"

小宝是陕北高原上的一个放羊娃,一个"留守孩子"。他长这么大了,还从来没有坐过火车。小宝的家,就在一眼望不到边的那片黄土塬上,那是他和爷爷、奶奶,还有他的羊群生活的地方。

像爷爷一样,小宝头上也缠着白羊肚毛巾,每天都到山坡上去放羊。高原上一年四季缺少雨水,好多小草和小树都渴死了。小宝赶着羊群,每天要走很远很远的路,才能找到一小块有青草的山坡。

多么干旱的天气啊!小宝有时会抱着他的小羊羔,望着天空说:"雨啊,快点下来吧!云彩啊,你们能不能停一停?"

"小黑,你要快快长大哦!"小宝对他怀抱里的一只小黑羊说,"长大了,我们一起坐火车,去找爸爸、妈妈,咔嚓,

咔嚓,呜——"小宝学着火车叫的声音,对小黑羊说。小黑羊听不懂他在说什么,只会"咩——咩——"地叫。

这天,邮递员给小宝家送来一封信。这是小宝爸爸、妈妈的来信。他的爸爸和妈妈,都在很远很远的南方打工。

爸爸妈妈在信上说:"亲爱的小宝,你好吗?爷爷、奶奶身体好吗?泼水节快要到了,爸爸妈妈好想小宝啊!如果你一个人敢去坐火车,爸爸妈妈好想你来这里过泼水节呀!"

是啊,坐火车,过泼水节,和爸爸妈妈在一起……想到这些,小宝高兴得睡不着觉。不过,他的奶奶犯愁了。奶奶说:"唉,小宝还这么小,让他一个人去坐火车,我怎么放心得下!"奶奶正在给小宝补衣服。

"奶奶,放心吧,我什么都不怕!"小宝是个懂事的孩子,安慰奶奶说。

"我听说,小孩子出远门,可以托付给列车员照顾。"爷爷抽着烟袋,寻思着主意。

"爷爷,那我带上小黑羊,一起去坐火车,去看爸爸妈妈,好不好?"小宝有点儿得寸进尺了。

"美不死你!哪有羊娃娃坐火车的?"爷爷给小宝泼了冷水。

是啊，铁路上有规定，小动物不能上火车呢，所以，小宝不能带小黑一起去看爸爸妈妈。

这天，爷爷把小宝送到了火车站。火车快要开动了，小宝把小黑交给爷爷说："爷爷，小黑，再见啦！"

爷爷千叮咛万嘱咐："小宝，听列车员叔叔的话，可不敢乱跑！"

就这样，长长的火车载着小宝，载着这个第一次出远门的陕北娃娃，向着南方，向着小宝的爸爸妈妈打工的地方开去……

火车驶过了宽阔的黄河，奔驰在辽阔的华北平原上。火车又驶过了美丽的长江，奔驰在温润的江南山谷间。

"哐啷哐啷，哐啷哐啷，呜——"火车的叫声，和小宝以前想的不太一样呢。隔着车窗玻璃，小宝看到，窗外不时闪过一棵棵大树。大树挥舞着手臂，好像在欢迎小宝：

小宝，你好……小宝，你好……

列车员给小宝送来了面包和牛奶，笑着说："小朋友，坐火车很舒服吧？你很快就要见到爸爸妈妈了！"

火车到站了，缓缓地停在站台上。"小宝——小宝——"爸爸妈妈迫不及待地大步奔过来，抱住了已经两年没有见到的儿子。

小宝拉着爸爸的手,和列车长、列车员叔叔说了再见。列车员告诉他说:"小朋友,马上就到泼水节了,祝你和爸爸妈妈玩得开心!"

回到住处,爸爸给小宝摘下了头上的白羊肚毛巾。妈妈给小宝换上了一套崭新的傣族头帕和衣裳,妈妈说:"泼水节是傣族人最隆重的节日,就像我们汉族人过春节一样,所以,每个人都要穿上新衣裳!"爸爸也缠上了傣族人的头帕,妈妈也穿上了傣族人的筒裙。不用说,小宝全身一下子变成了傣族小朋友的装束。

泼水节的确是一个热闹的节日。人们排着队,敲着铓锣和象脚鼓,从四面八方赶来了。人人都穿着过节时才穿的漂亮衣裳。凤凰花鲜艳的花瓣撒在地上,好像铺上了红地毯。芭蕉树下,有人在跳快乐的依拉贺舞;凤尾竹边,有人在跳妩媚的孔雀舞……

小宝提着装满清水的小桶,来到人群里。他看到,有的傣族小朋友端着盛水的脸盆,有的傣族小朋友抱着盛水的瓶子。

开始泼水了……

清清的水花,泼呀,洒呀,大家用竹叶、树枝蘸着清水,你泼我一下,我泼你一下,不一会儿,每个人身上都湿漉漉的了,每个人都在享受着被泼得淋漓尽致的痛快。

小宝身上也湿漉漉的。他跑到爸爸妈妈身边,开心地往爸爸妈妈身上泼洒着水花。

"依拉贺,水水水!""依拉贺,水水水!"大家一边泼水,一边欢呼。每一个傣族人都知道,清凉和干净的水,代表着纯洁、美好和祝福。所以,泼水节也是傣族人的"感恩节"——感谢大自然母亲赐给我们四季雨水,滋养着大地上万物的生长。

这时候,小宝对爸爸妈妈说:"要是我们那里,也有这么多的水,该多好!"小宝的头帕和衣服上,闪着亮晶晶的水花。

"儿子,明年泼水节,我们把爷爷奶奶一起接来,好不好?"

当然太好了!这正是小宝心里最想说的话。小宝高兴地又向爸爸妈妈泼起了水花。

跳舞的人们把小宝围在中间,一边泼着水花,一边欢呼:"依拉贺,水水水!依拉贺,水水水!……"

过完了水花飞舞的泼水节,春天就要远去了。大雁排着"人"字形的队伍,向着小宝的家乡飞去。

这天,爸爸妈妈送小宝坐上了回家的火车。小宝背上的小背篓里，装满了用芭蕉叶包裹的、又香又甜的泼水节粑粑。这是他带给爷爷奶奶的泼水节礼物。

江山如此多娇

———— ✳ ————

幅员辽阔的中华大地,画山绣水,气象万千。

　　幅员辽阔的中华大地,画山绣水,气象万千。江山如此多娇,是一代代作家取之不竭的灵感源泉和抒写不尽的题材宝库。

　　"广大文艺工作者要紧跟时代步伐,从时代的脉搏中感悟艺术的脉动,把艺术创造向着亿万人民的伟大奋斗敞开,向着丰富多彩的社会生活敞开,从时代之变、中国之进、人民之呼中提炼主题、萃取题材,展现中华历史之美、山河之美、文化之美,抒写中国人民奋斗之志、创造之力、发展之果,全方位全景式展现新时代的精神气象。"习近平总书记在中国文联十一大、中国作协十大开幕式上的讲话中,对新时代文学创作者们的殷切期望,言犹在耳,相信每位置身在火热的生活中,正在用各自的方式和热情参与生生不息的"人民史诗"的书写者,都会感同身受。

　　2021年10月12日,我国第一批国家公园名单正式公布,分别是三江源、大熊猫、东北虎豹、海南热带雨林、武夷山五个国家公园，总保护面积达23万平方公里，涵盖近30%的陆域国家重点保护野生动植物种类。

国家公园，是指以保护具有国家代表性的自然生态系统为主要目的，实现自然资源科学保护和合理利用的特定陆域或海域。能够被命名为国家公园的区域，都是我国自然生态系统中最重要、自然景观最独特、自然遗产最精华、生物多样性最富集的部分，保护范围大，生态过程完整，不仅富有国家象征意义，并且得到了全国人民的普遍认同，而且具有全球价值。因此，国家公园，不仅是中华民族和中国人民宝贵的自然遗产、地理财富和生态保护与生态文明的标志，也是新时代"美丽中国"的重要象征之一。

谁不为自己的家乡能成为国家公园而感到自豪？谁不想为美丽的家园献上一阕深情的赞歌？正是出于这样的意愿，在喜迎共产党的二十大胜利召开的大喜之年，承蒙大象出版社信任，并且得到国家公园管理局的领导和专家的悉心指导，我们邀约五位青年作家参与，共同完成了一套"我的国家公园丛书"。作为一个主题出版、主题创作的成果，这套小说不仅凝聚着作家们的激情、热爱与使命，同样也承载着编辑出版者的责任与担当。

打开"我的国家公园丛书"的五部长篇儿童小说，辽阔的大地诗意、浓郁的大自然气息，伴着山谷丛林的鹿鸣、猿啼、虎啸和群鸟的欢唱扑面而来，使人顿时有置身在光影斑驳、溪声盈耳、生命飞跃的山野和雨林深处之感。

这套原创小说的独特之处在于，它们的故事分别取材于我国正式设立的三江源、大熊猫、东北虎豹、海南热带雨林、武夷山等第一批国家公园；唐明、曾维惠、魏晓曦、邓西、潘云贵这五位作者不仅是当下儿童文学界实力派青年作家，而且他们的家乡，他们出生、成长或工作的地方，也分别在这五个国家公园所在的区域。所以，他们在小说创作中都充分调动且融入了各自的童年记忆、生活积累与真切的体验。与其说他们是在创作一部国家公园题材的小说，不如说他们是在为新时代里各自的乡土家园书写"志"与"传"，是在抒写自己家乡的山河之美和时代之变。

《河源清澈》的作者唐明，从小沐浴着三江源的日光和四季的风雨，在哗哗奔流的雪水河边长大后，至今仍然留在三江源地区的格尔木工作。清澈的河源不仅养育了世代居住在高原上的多民族兄弟姐妹的生命，也濯洗出这位女作家像河源一样清澈明亮的文笔。透过三江源人家的时代之变，读者看到了在新一代高原孩子身上闪耀的一种像阳光一样明亮的"河源精神"。

《竹海寻踪》的作者曾维惠,是巴山蜀水的女儿,养育她长大的那片山山水水,也就是"国宝"大熊猫的故乡,称大熊猫是她的"邻居",一点也没有夸张。所以在她的笔下,无论是描写自然景观,发现珍稀动植物,体验风土人情,聆听神奇传说,都带着温情。因为家乡的竹木、鸟兽、雨丝、云影,在她的心里都记得清清楚楚。

《虎豹山林》的作者魏晓曦,童年时代在小兴安岭林区度过,白桦林、松树林、冰爬犁、小木屋、伐木人……小兴安岭林区和汤旺河两岸独有的人事、名物与四季风情,她从小就耳濡目染,因此她的笔下不仅有林中虎啸、山涧豹影,还有浓郁的松针、蘑菇、圆木、木刨花、达子香和野百合的芬芳,更有伐木人与森林动物留在雪地上的清晰足迹。

《秘境回声》的作者邓西,家住海南五指山下,热带雨林的物候变化和风风雨雨,也就是她日常生活中的阴晴晦明。跟曾维惠、魏晓曦的"邻居"不同,与邓西为邻的动物朋友,是生活在绵延起伏的五指山、黎母山中的黑冠长臂猿、坡鹿、水鹿、孔雀雉、云豹……热带雨林的绿色怀抱,是这些生命共同的家园。

《云边的歌》的作者潘云贵是闽江和武夷山之子,也是五位作者中最年轻的一位"90后"。他说起闽江河口的自然湿地和武夷山的动植物,同样如数家珍。在他的笔下,故乡葱茏的林木清香,武夷山的绿水青山所具有的神秘魔力,以及新的时代之变给年青一代带来的新的梦想与新的期待,像高天的流云和优美的音乐一样,同样具有帮助你走出阴影、克服恐惧、让你的心灵变得坚强的治愈力量。

每一座广袤的国家公园,无山不美,无水不秀。植物的葱茏与繁盛,动物的友善与灵性,乡民和孩子们对自然的敬畏、爱护与发现,还有在"天人合一"般的自然生态环境和地域文化土壤里生长与沿袭下来的淳朴的传统风习、独特的人文风情……伴随着小说故事的展开,这些都一一得到了生动而细腻的呈现。作家们的创作各具风格,但有一点却是共同的:他们的文字皆如青草绿树一样,在国家公园的沃土上自然生长出来,散发着大自然的清新气息,也带着密林深处、万物有灵的神秘味道。

"绿水青山就是金山银山",这套小说呈现的是美丽中国、和谐家园和当下时代之变中的新故事与大主题,可以让少年读者在领略中华历史和地理之美、山河之美、生态之美的同时,也感受到当代中国人民的奋斗之志、创造之力与生态发展之果。而设立国家公园的价值与意义，尤其是对未来的中国和世界将会产生的影响，在每一部小说里也不难感知。作家们把对此类问题的思考也巧妙地融入了小说之中，相信也会具有润物无声的力量。

　　毫无疑问，以国家公园为背景的儿童小说，最中心的"主角"是大自然。以自觉的生态意识和宽广的"大地伦理"，书写人与大自然相互依存的关系，抒发对生命和对自然的认识、敬畏与热爱，是这套小说共同的追求。因为每一方能当得起国家公园的山水，毫无疑问也足以成为大自然文学诞生的深厚土壤。然而，国家公园不仅仅是一座自然公园，也不应被视为一个单纯的地理意义上的区域，而是应该放到一个更为辽阔的，交织着自然、地理、历史、人文、民族融合等多种元素的大视野中去看待。

　　所以，我们也看到，在这五本小说里，除了大自然的山河之美，还有无处不在的历史之美、文化之美，还有当下中国各族人民的奋斗之志与创造之力的表现。比如：在《河源清澈》里，美丽的乡愁与小男孩一家如影随形，曾经世代居住在这里的牧民，成为守护国家公园的中坚力量；在《虎豹山林》里，小兴安岭林区的民俗风情和传统生活日常，被作者融入各种细节描写之中，丰盈而生动；在《云边的歌》里，与武夷山区的泉流、竹涛、鸟鸣一样具有治愈力的，还有那悠悠不断的农家茶谣和武夷风习；在《竹海寻踪》里，无论是描写自然景观，发现珍稀动植物，还是体验风土人情，聆听神奇传说，都带着温情；在《秘境回声》里，两个男孩一起保护家乡的雨林、守护海南长臂猿的经历，让我们看到了在独特的雨林环境下，人与动物相互依存、人与大自然和谐相处的一幕幕。由此也可见，在作者们的心中和笔下，国家公园既是自然的山水，也是人文的厚土。历史和人文，同样是国家公园里气韵生动和饱满的"气场"。

世界著名鸟类专家、自然文学作家约翰·巴勒斯，是一位以毕生精力去发现和描述大自然的作家，他在晚年这样感叹说："一只被打死并被做成标本的鸟，已经不再是一只鸟了。"因此，他劝告孩子们，不要去博物馆里寻找自然，而应该让父母带着他们去山野、公园或海滩，看看麻雀在头顶上飞旋，听听海鸥的叫声，甚至跟着松鼠到它那老橡树的小巢中去看个究竟。

是的，大地上的一切生命，包括那些无言的和无助的，甚至濒临绝迹的动物与植物，都拥有自己不可抹杀的生命的尊严、履历与故事。每一个人，都应该从小就慢慢懂得，并且开始学会以大自然为家，与鸟兽为邻，和昆虫做伴，并且用自己的爱心，编织成守护大自然的苗圃和美丽花园的栅栏，甚至用自己的文字，向更多的人发出请求关爱与救助的呼唤。

我们用这套壮丽的山河之书、大地之书和生生不息的奋斗故事，向共产党的二十大献礼！我们也把这一册册画山绣水，献给正在成长的新时代少年们！

期待着有一天，朝气蓬勃、志存高远的少年们，会带上"我的国家公园丛书"，走向他们的"诗与远方"，去漫游美丽而辽阔的国家公园，置身在大自然的山谷丛林中，尽情地听那鹿鸣、猿啼、虎啸和群鸟的欢唱，现场感受林涛回响、山溪奔腾、苍鹰翱翔……那万物有灵且美的景象。

我想，也许只有这时候，我们才能更加真切和强烈地感受到，祖国的江山是如此妩媚多娇，养育着伟大的中华民族大家庭的这片水乳大地，是如此万紫千红、生生不息。

啊，写到这里，我不禁又想起自己曾经写过的诗句：

若问我们共和国辽阔的天空，
为什么这样祥和，这样霞光灿烂，
只因为有无数的好儿女在将她守望，将她眷恋！
若问我们共和国960万平方公里的大地江山，

为什么这样壮丽,这样生机无限,
只因为有无数双勤劳和智慧的手,
在为她梳妆,为她打扮!

记住乡愁

小鹿吃过的萩花
小石桥边的蒲公英
刺猬灯
我们的麦地
金色的八月竹
江南三章
几人相忆在江楼
文化站站长

田野文化的守护者
留得片瓦听雨声
童谣与风俗画里的乡愁
节俗故事里的爱与美
杏花春雨江南
火车，火车，带着我去吧

小鹿吃过的萩花

*

小小的萩花，总会让我想到自己的故乡。

"小鹿吃过的萩花呀！"

这是日本俳句诗人小林一茶的一行有名的诗句。

一看到这个句子，我的心顿时好像被揪了一下的难受，眼睛一下子就湿润了。

我没有亲眼见过小鹿吃萩花，但我记得，我小时候养过一只灰色的小羊，亲眼见过小羊吃着萩花的样子。

小时候，我还吃过妈妈给我做的鸡蛋萩花薄饼。

那时候，因为家里穷，经常吃不饱饭，我的身体很虚弱，时常生病。每当生病的时候，妈妈就会从积攒了许久的鸡蛋坛子里拿出两三个来，给我做荷包蛋吃。我知道，那些鸡蛋是妈妈准备攒够了数就拿到供销社卖掉，给全家换回油盐和火柴等日用品的，平时谁也舍不得吃。

有时候，妈妈也把一些味道很苦的草药，例如蒲公英、柴胡的根茎，捣碎了，搅拌上一两个鸡蛋，煎成薄薄的鸡蛋饼给我吃。我记得小时候吃过的鸡蛋饼里，最好吃的是槐花饼和萩花饼，因为它们一点也不苦。

有一种牛蒡根，苦得难以下咽。可是因为是用珍贵的鸡蛋煎成的，我一点也不敢抛撒，即使再苦再难下咽，也会吃得干干净净的。

萩花，又叫胡枝子、野花生。在白露过后的晚秋时节，在凉凉的秋风里，枝叶细长、花苞微小的萩花，默默地、静静地开放了。淡蓝色系的苞形花串，看上去很美，在风中轻轻摇摆着，就像在为秋天画上最后的句号，美得让人心疼。

萩花是我在童年时代里就很喜欢的一种小野花。深秋的时候，萩花有的开成淡蓝色，有的开成淡紫色。细细的枝茎好像冻得通红了，弱小的花冠好像冻得苍白了。

是那样的含蓄无声，又是那样的安静。它们当然也要化作春泥。但是它们一点也不让人感到凄凉，而是那么静美，那么安详，又那么意味深长，似乎还在守望着最后一丝孤寂，最后一丝馨香，然后才一点一点地、慢慢地消瘦和凋谢。

小小的萩花，总会让我想到自己的故乡。

不知不觉，妈妈离开我已经五十年了。

妈妈不在了，我从此再也没有吃过薄薄的鸡蛋萩花饼。

小石桥边的蒲公英

---- * ----

"你看,这些蒲公英飞得多么远、多么高!……"

那时候我还很小很小。

我记得,我们的小村旁有一座弯弯的小石桥。

春天到来的时候,小村庄四周开满了桃花、樱花和梨花。清清的小河两岸,也开满了金色的蒲公英花,好像大地妈妈在微笑。

这里是我们美丽的家乡。

这里有我的爷爷和爸爸的田野。

还有我奶奶和妈妈晒谷子、晾衣裳的谷场。

傍晚的时候,起风的时候,妈妈会站在谷场上喊我回家吃晚饭、加衣裳……

这里还有我和小树哥哥的小学校。

每天早晨,老校长会站在那棵老槐树下,敲响上课的钟声。

小树哥哥是我最好的朋友。他上六年级了，我刚上四年级。

他的力气好大啊！每次他帮我爷爷挑柴火，一个人挑着柴担，就像挑着两座绿色的小山……

我们天天在一起。

一起走过小石桥去上学……

一起爬树……

一起摔跤……

一起玩"老牛耕地"和"倒竖蜻蜓"的游戏……

有一个夏天的中午，在小石桥下的河畔上，我看见小树哥哥靠在河边的一棵小柳树下睡着了……

我悄悄走到了他的身边。

我看见，有几颗晶亮的汗珠儿，正在他的额头上闪耀。

我静静地看了很久很久，他睡熟的脸上挂着微笑。

小树哥哥是来小河边割猪草的。我想，这会儿他一定是很累很累了。看着看着，我就改变了想去捉蝈蝈的主意。

我轻轻地拿起了他身边的草篮和镰刀……

是的，那时候我还很小很小。

可是直到今天，我依然记得，那天中午，小树哥哥醒来的时候，是那样惊奇地看着身边的一大堆青草，然后四处张望,寻找那替他割来青草的人。

那个时刻,我正藏在他背后的玉米地里,偷偷地微笑,心中觉得是那么美好!

夏天远去了。

秋天到来了……

小石桥边的芦花一片片地变白了,在风中飞舞。

它们好像也知道,收获的季节到了。

小石桥下的河畔上,满地的蒲公英也张开了白色小伞。

小树哥哥告诉我说:它们是一颗颗有翅膀的种子,是从大地妈妈的怀抱里、从我们的小村旁起飞的、一个个张开翅膀的梦。

"你看,它们像不像一群小小伞兵?"

小树哥哥和我,坐在小石桥下的草地上,轻轻吹着一朵朵白色的蒲公英,把它们吹到了高高的天空中。

蒲公英小小的翅膀上,带着自由和温柔的风……

"小树哥哥,我也好想变成一朵会飞的蒲公英种子……"

"我也想啊!我们一起飞过石桥,飞过小河,飞过打谷场……"

"再飞过那些稻田,飞过那座山……"

"飞到很远很远的地方去……"

这时候，小树哥哥想到了一个沉重的问题……

"如果有一天，我真的像蒲公英一样，被风吹走了，再也回不来了，怎么办？"

"那我就飞过那些麦田，飞过那些山，飞到很远很远的地方去找你呗！"

"如果我落到了那些麦田里……"

"那我就一棵麦子、一棵麦子地扒开，去找你！"

"如果我落进了豌豆花地里……"

"那我就一朵花、一朵花地扒开，去找你！"

"可是，万一你找不到我呢？你有没有想过，如果我真的消失不见了……"

"不，小树哥哥，你不会消失不见的，我不要你消失……"

"为什么？"

"因为……因为……你是我最好的朋友！"

说这话的时候，我的眼泪流出来了。

"男子汉，不能哭！嘻嘻，我是逗你玩儿的。"

小树哥哥轻轻地擦去我的泪花。

"你看，这些蒲公英飞得多么远、多么高！每一把白色的小伞上，都有一颗生命的种子……"

是的，那时候我还很小很小，不知道随口说出的一些话，有时候竟然也能变成真的……

那一年,当我也像小树哥哥一样,在村小学里上六年级的时候,一场大灾难突然降临了……

我们美丽的村庄,一下子变成了一片废墟!

我们的小村、小石桥、小麦田、谷场,还有小河边开满蒲公英花的草地,都消失不见了……

这场山洪,夺走了好几位我熟悉的村民的生命。

也夺走了每天早晨为我们敲响上课钟声的老校长。

还夺走了我最好的朋友——小树哥哥。

当时,小树哥哥是一名中学生了。

在灾难到来的那一瞬间,他使出全身的力气,把一个女生推到了安全的走廊上,他自己却被倒塌的墙壁掩埋了,再也没有爬出来……

这场灾难,也把我们美丽的操场、花园和小学校,都变成了一片瓦砾和废墟。

我的冰鞋、笔盒和书包,都被埋进了瓦砾下……

可是,毕竟我们还有许多人幸存了下来。

爷爷告诉我说:孩子,我们能活下来,就是胜利!

"男子汉,抬起头,不要哭!一切都会好起来的!"

今天,站在小石桥边的废墟上,我好像听见了小树哥哥在对我说。

我坚强地咬着牙忍着,没有让眼泪流出来。

又一个春天来到我们家乡的田野上。

小石桥被毁了,但是小河还在。

原来的小村庄和小学校被毁了,但是,我们又在这里建起了更美丽的村庄、更美丽的学校……

小树哥哥割猪草时倚靠过的小柳树,也已经长大了。

金色的蒲公英花,又在草地上一片片盛开了。

"你看,这些蒲公英飞得多么远、多么高!每一把白色的小伞上,都有一颗生命的种子……"

我好像又听见了,小树哥哥在对我说。

我想象着,我最好的朋友小树哥哥,一定就在那朵飞得最高、飞得最远的蒲公英的种子里。

在遥远的远方,他会轻轻地、轻轻地降落下来。

就像一只飞累了的小鸟,安睡在大地妈妈温暖的怀抱中。

刺猬灯

*

"奶奶,你会做刺猬灯吗?我想要一个刺猬灯。"

金色的阳光透过糊着白纸的窗棂,一格一格地照进来。我的小刺猬也醒来了。它在炕头上的小木笼子里探头探脑的,想要出来玩耍呢!

小刺猬是爷爷从路边的草丛里捡回来的。当时,它又饿又冷,缩成了一小团。爷爷说:"小刺猬也许是迷路了。小石头,你要好好喂养它,让它长胖一点哦!"

我好喜欢这个小家伙。我给它喂胡萝卜和青菜叶,也给它喂一些松子和花生。

小刺猬也不再那么害怕地缩成一小团了。它陪着我玩耍,大口大口地吃东西。它真的已经长胖了。

"小刺猬,你知道吗?今天是正月十五上元节哦!"

这是我小时候最盼望的一个节日。

我问奶奶:"奶奶,你不是要给我做上元灯吗?我想要个刺猬灯。"

奶奶说:"上元灯要等天黑了才能点亮哪!你放心,奶奶一定给你做的。"

上元节真是一个热闹的节日啊!好像全村的人,大人们和小孩们,都走出了家门,有的站在胡同口,有的站在村口的老槐树下,有的骑在墙头,有的坐在草垛上,都在等着看热闹呢。孩子们都穿上了平时舍不得穿的新衣服。

不一会儿,就听见从村外的小石桥那边,传来了热闹的锣鼓声。锣鼓声越来越近,越来越近……

渐渐地,一支浩浩荡荡的锣鼓队出现了。

这是我们小镇上最有名的锣鼓队。鼓手们都穿着金黄色的绸子衣服,腰上扎着大红色的带子,头上缠着雪白的新毛巾。

我用小木笼提着我的小刺猬,追着去看锣鼓队表演。从村口的打谷场上,一直跟到很远很远的村外去……

这时候,奶奶正在家里揉着软软的黄豆面,给我和弟弟、妹妹做上元灯。

在我们胶东老家,每到上元节的夜晚,家家都要用黄豆面做成各种形状的上元灯。有鲤鱼灯,有小猪灯,有鸡灯,有羊灯……每盏豆面灯上,都会特意留出一个圆圆的"小碗

口",这是准备放豆油用的。

"奶奶,你会做刺猬灯吗?我想要一个刺猬灯。"

"好,奶奶给你做个刺猬灯。"

奶奶的手可灵巧了!她先用豆面搓出了小刺猬的身子,再用剪子轻轻地剪出一根根小刺,然后,又用两粒黑色的花椒籽,给小刺猬按上眼睛。不一会儿,一盏小小的刺猬灯就做好了。

所有的上元灯都做好了。接着,奶奶要把它们摆在一个大笼屉里蒸熟。奇怪的是,奶奶在蒸上元灯时,还在每个"小碗口"里放上了几颗饱满的豆粒。

我问奶奶:"奶奶,为什么要放进几颗黄豆呀?"

奶奶告诉我说,这里面有个讲究呢!原来,等一会儿,等这些豆面灯蒸熟了,如果豆粒胀得越大,就预示着当年的雨水会更加充足呢。

不一会儿,热气腾腾的锅盖揭开了。蒸熟的上元灯,全都变得金黄金黄的了。我的刺猬灯,也变得金黄金黄的了。还有那些豆粒,一粒一粒,果然都胀得很大了。

奶奶高兴地说:"小石头,你知道吗,今年一定会风调雨顺,地里的庄稼,肯定有个好收成啊!"

奶奶在每盏豆面灯的"小碗口"里倒进一些豆油,再放进一根线芯。有的也放进一小截红蜡烛。接着，奶奶划燃了一根红头火柴，点亮了这些漂亮的上元灯……

这时候，圆圆的月亮升起来了。金黄色的月亮，把全村都照亮了。家家户户都在门前挂起了红色的灯笼。一些皂角树上也挂上了红灯笼，看上去就像秋天的柿子树上结满了红红的柿子。

弟弟和妹妹端着各自的上元灯，去摆放在不同的地方。门前的石礅上，摆上小狗灯；天井里的鸡窝边，摆上鸡灯；水缸边上，摆上鲤鱼灯。

奶奶说，上元灯可不能熄灭哦！谁的上元灯燃得最亮、最久，就预示着谁会在这一年运气最好。所以，每个人的上元灯，都由自己小心翼翼地"看管"着，该添油的添油，该换蜡烛的就换蜡烛，从上元夜，要一直点到第二天天亮的时候。

爷爷问我："小石头，你的刺猬灯要摆在哪里呢？"

奶奶说："刺猬灯要摆在粮缸边才好哦。"

这时候，我提着小刺猬，端着明亮的刺猬灯，来到了小刺猬迷路的地方。

"小刺猬，今天晚上是上元节，你要早早地回家哦！"

小刺猬瞪着黑亮的小眼睛，刺溜一下钻出了小笼子。小

小的、明亮的刺猬灯，为它照亮了通往树林的草丛和小路。

　　送走了一年一度的上元节，奶奶会把所有的上元灯收集在一起，刮去上面的油迹，然后切成面片，为我们做成香喷喷的豆面香菜汤片。奶奶做的豆面香菜汤片，真是美味啊！

　　现在，奶奶已经不在了。奶奶不在了，从此再也没有谁给我做刺猬灯了。我多么怀念小时候的上元节，怀念亲爱的奶奶，怀念奶奶给我做的小小的刺猬灯啊！

我们的麦地

※

麦子和我们一样,生生不息。

正月里,大雪纷飞,整个田野白茫茫一片。我们的麦子,在厚厚的雪花被子下安睡。我们的大地深处是温暖的,虽然它的表面常是冰冷的。我们在冬天来临之前就已给麦子压过壤土,这是我们的麦子所需要的,正如我们的生活需要抚慰一样。麦子在大雪之下和大地一起做着那冬天的梦。

二月里,刮春风,小河解冻了,雪开始融化,冻土地松动了,树条儿变软了。麦子在二月的摆柳风的梳理下,脱掉厚重的外壳,如同我们脱下多余的衣服,而悄然返青。

三月,麦子在拔节。高高的蓝天上有布谷的呼叫和百灵鸟的歌唱,孩子们的风筝挂在高高的柳树梢上。麦子在黑油油的洼地和层层梯田里日见其长。只有最健康的少年能够与之伦比。我们若是在夜间来到麦地静坐,便会听见它们那令人心动的拔节声,仿佛爆笋一样。

四月是麦子抽穗的月份，正如诗人放开心胸在抒情。麦地没膝深了，厚厚实实的，绿油油的，一望无际。当我站在故乡的麦地里望着它们，宛如一个年轻的农人在憧憬着丰收。麦地上空那四月的月亮，是照耀着我的巨灯。我从田野沿着野樱林立的小路悄悄返回老村庄，一步步不忍踩着那明亮而又安静的积水。

五月，麦子开始灌浆。殷勤的雨水仿佛体会了我们的心，它们把麦子胀得摇摇晃晃。轻轻抚摸着青嫩的颖果，软软的，痒痒的，如同抚摸着婴孩的发。麦子的青穗，给了我们清芬而微甜的记忆。在那些穷苦而饥饿的年月里，我们常常忍不住要偷吃那正在灌浆的公社的麦子。柔嫩的小手搓着柔嫩的麦穗，又是紧张又是快乐。那时候我们不知道什么叫珍惜。麦子也同情我们这些瘦小的孩子。它用那未熟的子房和乳浆养育过我们这缺少营养的一代乡村之子。所以我们永远感激麦子。

六月，麦子在太阳的暴晒下渐渐成熟。田野变成了黄色，就像凡·高的画布上的色彩，是一片鲜亮的柠檬黄。随便捧起哪一支麦穗，都像我们今天看到的国徽上的麦穗。麦子在我们的心中沉甸甸的。可别小看这个六月呀！这可是我们经受了艰辛和暴晒而终于等到的月份。麦子只在此时才允许我

们向它开镰。

于是，加足了油的脱粒机，换上了新轮胎的大运输车，套上了新鞍子的毛驴……都一齐涌向田野。我们的谷场也要拓得更宽一些、更结实一些、更亮堂一些才是。我们收获麦子，麦子也乐意被我们收获。明晃晃的麦穗在我们的手中和怀里上下舞动。麦芒刺进我们的衣服，这才是真正的劳动的享受呢！我们有时也痴心地想：假如一年四季都有麦芒刺向我们，那样的日子岂不是更丰盈、更充实吗？

七月，新麦进入了大瓮和粮仓。没有错，年成是太好了，麦子粒粒饱满、实在。麦子不会欺骗我们这些质朴而忠厚的人，何况有我们的劳作呢！它用沉甸甸的籽粒来报答我们的一片痴情。那么，家家都蒸上大锅大锅的新麦馍馍吧，让香喷喷的新麦的气息充溢着我们整个村子吧。我们对天作揖，我们向大地致敬。让孩子们也吃得饱饱的，然后穿上新浆洗好的、每走一步都轻轻作响的衣裳，提着香喷喷的新麦馍到走不动的外婆的家里去吧。新麦下来，老人们尤其要尝一尝的。

只可惜，我们的麦地诗人们，他们只能在大城市里吃着面包歌唱我们的麦子，却很少能真正尝到我们刚刚打下的麦子的味道。所以他们也弄不明白我们的麦子从返青、拔节、抽穗、灌浆，直至成熟的日日夜夜是怎么过来的。

　　我不是麦地歌手，但我是麦子的亲人和朋友。我们这些来自乡村的少年，也许最懂得麦子的履历和品格。麦子年年生长，我们岁岁劳作。麦子和我们一样，生生不息。

金色的八月竹

*

美丽的八月竹,我听见了!

我的心常常因为怀念那片青山而激动。那是我的故乡。在那里,和我的生生不息的祖祖辈辈一起,静静地生长着一片片金色的八月竹。

和流云一起,和一簇簇芬芳的雏菊与坚强的苦荞一起,和一道道永远流淌不尽的山泉一起,和飘不散的山歌与炊烟一起……在那幽深而多雾的山谷里,谁能够知道,坚韧的、丛生的八月竹啊!你们默默历尽了多少艰辛,历尽了多少凄风苦雨。但你们总是忠诚而执着地——以整个生命,忠实于这片不老的乡土。你们都是我的故乡所不能失去的好儿女。

今天,在深深的八月的山谷,又见你们,面对着刚刚到来的新的岁月。我知道,你们正以你们的沉默,以你们群体的端庄与秀丽,回答着你们对生活的坚韧与顽强的追求,回答着你们宁静的依恋和固有的纯朴,回答着你们被遗忘的爱……

　　比起你们来，我实在是离开故乡太久了！为了寻找自己金色的前程，我从童年起就离开了家，离开了你们。多么久了！我没有再从你们身边走过了！我没有听见故乡的声音，没有闻到故乡芬芳的气息了！

　　我还记得我曾经留在这里的誓愿与梦想，记得我悄悄爱过的忠贞而善良的故乡的少女，记得多年前，那日日召唤过我的山村小学的钟声。而那位年轻、辛勤的女教师，如今你在哪里呢？——我的怀念是一片爱啊！

　　我记得你们——永远怀着兄弟般情谊的、我的童年时代的伙伴啊！在最贫穷的日子里，我们一同拾穗于旷野，躲雨于茅棚。在我不辞而别之后，你们却都坚定地留守在自己的山谷与村庄。你们那时候是不是已经知道，有一天，我终会捧着一颗怀乡的心回来呢？

　　美丽的八月竹，我听见了！我听见你们正满怀信心，在唱着一支我从来没有听到的歌。我听见你们正用这自信又自豪的歌声，同新的年月的阳光，同这金色的八月的秋风悄悄絮语。用你们的雨季之后的每一片新叶，用你们的一颗颗重获生机的心，尽情地诉说着整个乡土上的簇新的渴望与欢乐啊！

那么,能允许我和你们共享这乡土上得之不易的欢欣吗?能允许我像从前一样,搂着你们宽大的臂膀,握着你们的手,齐心协力,去建设我们明天的家园,去开辟我们新的生活的道路,去拓展我们更广阔的幸福的天地吗?

相信吧,我的故乡的金色的八月竹!我的相濡以沫的家乡的兄弟!生我养我的,被多少人踏过又被多少人爱过的,默默无语的大青山啊!

江南三章

———— * ————

我深深地爱着,我的江南乡村的深秋。

乡场之秋

我深深地爱着,我的江南乡村的深秋。爱着那丰盈的禾场,金色的果园,欢腾不息的河流。这是我们忍受着暴晒、经受着风雨赢得的季节,是我们整片乡土上最为欢乐的时候。

谷子收割回家了,田野上弥漫着稻草的芬芳;白嘴鸦落在稻草人身上,仿佛从异乡归来的游子,在倾诉着他深挚的乡愁。拾穗自然是老人们的事了。其实他们哪里是在拾穗啊!他们是在背着年轻人,向着仁慈而宽厚的大地母亲深深地鞠躬。当他们直起身来,又好像在为下一代人默默地做着新的祈求。

那些从不同的地方赶回来的年轻人,早已聚满了阔大的禾场,为了庆祝家乡的又一个丰年。小伙子们一个个就像健

壮的豹子，少女们宛若那河腰的水柳。那是谁正甩开膀子擂响了村中那面祖传的土鼓？鼓声震动着三山五岭，阵阵回音又如风啸雷吼……

啊，跳起来，跳起庆典的舞蹈来吧！啊，唱起来，唱起自编的山歌来呀！这里不怕曲高和寡，这里无须害怕害羞。老年人都知趣地躲开了这些欢笑的年轻人，他们远远地站在一边欣赏着，谈论着，自豪地回忆起几十年前各自年轻力盛的时候。啊，敲吧，敲吧，年轻人！请你们在乡村这张大鼓面上，敲出属于我们生活的新节奏。

山村小女孩

我和一个秀美的山村小女孩，相遇在一个深秋的早晨。她好像是第一次走进有着宽广的大街的城市。她婷婷地站在大街上，望着一座座高楼和一个个橱窗，眼睛里是那样奕奕有神，那样的好奇和惊喜。早晨的风，轻轻地撩起她鲜艳的红围巾，围巾上飘出缕缕山野的芬芳。一朵我叫不出名字的小野花，像一只蓝蝴蝶，静静地栖落在她薄薄的头发上，使我觉得，她就像一小朵带着雾气的山里的云彩，轻盈地飘在这秋天的早晨。

我不知道，她是从哪里的小山村来的，但她的眼神告诉了我，她带来了山乡的喜讯。她告诉我，她是来请城里的什么人，去她的小山村做客的。她向我问路，说在家里等待着的，是她年老的爷爷，还有很少进过城的父亲。她还天真地告诉我，她那个小山村，也真是奇怪，这个秋天刚刚到来，每家的小院里，就传出了那么多她想也没想到的"新闻"，听起来，真是让人振奋……说到这儿，她甜甜地一笑，那清澈的目光，既含着自豪，又那么单纯。

　　啊，我们的山村，我们的农民！当这个晨光一样纯净的山村小女孩，连同她那轻悄悄的风一样的声音远去了，我却在这深秋的晨光里，站了很久很久。农民，我见过许多许多，我就是从他们中间走出来的，从小山村里走到城市来的，可是我从来也没有像此刻这样，感到愉悦和欢欣。我的心里怀着最真切的喜悦和祝愿。

　　突然，我产生了一个美妙的念头，我想，我应该立刻就去写一首最好的诗，为着这个满怀着希望的山村小女孩，还有她的背后，那千千万万个我们善良的祖父，我们辛劳和勤恳的父亲。或者，我干脆就做个不速之客，悄悄地回到那里去，去看看我的山村，看看我的父老乡亲。是的，一定，一定的。因为我是那样地想念他们啊！

江南小巷

意态怡然而韵味悠长的江南小巷，暗合着一种生命的熨帖与平实，也永远是心灵的润泽与宁静的象征。

小巷两边的青灰色屋顶上，古老而整齐的瓦片缝隙里，长满了金色的、安静的瓦松。瓦片之间仿佛凝固着往昔时光里斑驳的残梦。那交错相映的双拱石桥，精致而又历尽了沧桑。古老的岁月的脚步从一座座老桥上轻轻迈过，时光的水流从一座座老桥下缓缓远去；浣洗和淘米的女子永远是温婉和妩媚的。浅浅的小船来来往往，载着欢乐，也载着艰辛，载着一代代人对幸福生活的期待与梦想。

小巷永远是和浓浓的乡愁连在一起的。"小楼一夜听春雨，深巷明朝卖杏花"，这是诗人陆游梦里的乡思；"撑着油纸伞，独自彷徨在悠长、悠长又寂寥的雨巷，我希望逢着一个丁香一样的、结着愁怨的姑娘……"这是诗人戴望舒所幻想过的心灵的故乡。那是一切幼小的生命最安全的依靠，那是一种独特的人生范式的理想场所。它远离喧嚣的城市和名利场，但又不失民生经济的酸甜苦辣，人间的一切欢乐忧伤和幸福的梦想，小巷都是沉默的见证；它宁静淡泊，寂然

无声，却又独具深厚和浓重的沧桑痕迹，就像一位历尽了艰辛、阅透了世事的老人。

"摇啊摇，摇到外婆桥……"曾经有多少文人墨客和离乡游子，都蘸着梦里的江南烟雨，描画过他们心中的江南！鲁迅、周作人、丰子恺、郁达夫、叶圣陶、茅盾、叶浅予、徐迟、吴冠中、陈逸飞……他们都曾经在自己的文字和画幅上，深情地描画过美丽的江南。老去的只是时间，一代代的小巷人家，他们的欢乐与忧伤、希望与梦想，却薪火相传，绵延不断。

几人相忆在江楼

*

"一样大名垂宇宙,几人相忆在江楼。"

　　古典诗词专家、大书法家吴丈蜀先生在世时,有一次我有幸陪他老人家在鄂南采风。在路边歇息时,说起了黄鹤楼上的字画,我说:好好的一座名楼,只可惜字画挂得太多,给人以堆砌之感。吴老说:岂止是堆砌,简直是"污我眼目"。"污我眼目",吴老说的这四个字,给我印象太深了,后来每当看到恶俗不堪的字画和展览,我也喜欢借用这四个字来做评价。

　　外地客人来武汉,总会慕名去登黄鹤楼。我在武昌居住多年,每次陪客人去看黄鹤楼时,我一般都是买好票,让客人自己去登临,我宁愿在楼下盘桓等待。因为我心中藏着吴老说过的那四个字。可是慢慢地,我发现,蛇山之上,黄鹤楼下,另有一些艺术景观,却也值得一看,而许多游人,往往对它们忽略不见,错失美景了。

说起黄鹤楼，许多人都会随口吟起诗人崔颢那首千古绝唱："昔人已乘黄鹤去，此地空余黄鹤楼。黄鹤一去不复返，白云千载空悠悠。晴川历历汉阳树，芳草萋萋鹦鹉洲。日暮乡关何处是？烟波江上使人愁。"黄鹤楼因这首诗而曾被称为"崔诗楼"。知道一点文学典故的，当然还会想到诗仙李白当年看了崔诗之后的喟叹："眼前有景道不得，崔颢题诗在上头。"

沿黄鹤楼往东拾级而下，在离主楼不足百米处，迎面可见一座色泽古朴的石照壁形式的黑色浮雕——《崔颢题诗图》，描绘的就是这座名楼和这首名诗结缘的故事。画面上的诗人崔颢，峨冠博带，衣裾飘飘，宛如仙人临世。他的目光追寻着高远之处，仿佛胸中正有千般诗情萦绕升腾。他手中的如椽巨笔，正饱蘸浓墨，恰似满腔激情就要喷涌而出。暮色苍茫，大江奔流；故园迢遥，前路旷远。此情此景，也许正牵惹起诗人无边的乡愁。于是，诗人若有神助，口吐莲花，吟诵成诗，几令云天俯首，江山动容……

这座巨型浮雕，把这首千古绝唱诞生的那一瞬间，生动地呈现在了游人面前，为巍巍名楼平添一处不朽的文化景观。照壁上的崔诗，系当代大书法家沈鹏先生所书。浮雕所用的石材，选自四川越西的黑沙石和湖南长沙的花岗

石。浮雕设计者是著名雕塑家、当年轰动全国的《收租院》的主创者之一赵树同先生。赵氏擅长历史文化人物题材的创作，其代表作有《苏东坡》雕像、《刘备托孤》大型彩塑等。

盘桓在黄鹤楼公园南区的白龙池畔，迎面可见另一座大型的花岗岩高浮雕塑，名为《九九鹤归图》。这座近5米高、40米长的浮雕上，共有99只黄鹤，有着"久久"即不朽的寓意。这些黄鹤分成了鹤栖、鹤戏、鹤舞、鹤翔、鹤鸣五组。每一只都栩栩如生，仿佛从天外归来，从苍茫的烟雨中飞来，欢聚在这千古名楼之下。

昔人已乘黄鹤去，今人重唤黄鹤归。艺术家分别采用了高浮雕、浅浮雕、透雕等艺术手法，配以松、竹、梅、灵芝、流水、岩石、祥云等自然景物，使99只姿态各异的黄鹤尽情释放着各自的生命灵韵，整个作品有如一幅壮丽的流动的长卷，又似一首节奏分明、故事跌宕的童话叙事诗。看着这些华羽纷披的吉祥大鹤，我想到的是：天地有正气，人间有大美，天下苍生和万物的和谐与吉祥，才是人类亘古不变的祈愿和追求。

为了对这座雕塑有更多的了解，我特意查了一下相关的资料。原来，这座雕塑是我国目前为数不多的几座超大型室外花岗岩浮雕之一。它凭借蛇山白龙池畔的山势而筑，由340多块枣红色花岗岩石材镶嵌拼接而成。这座雕塑从酝酿草稿，到最后落地竣工，历时四个寒暑。所用的石头，采自距离武汉2000多公里的四川省凉山彝族自治州喜德县境内，海拔近5000米的高山中。整个作品耗去的石料，前前后后运载了足足四火车皮。而为了对付这些硬度堪称世界花岗石之最的石头，雕刻家们光耗用的合金钢钢钎就重达3吨。

参与这座大型作品设计和创作的艺术家，除了前面说到的赵树同先生，还有四川的另一位雕塑家任义伯先生。任氏的主要雕塑作品有《收租院》《毛泽东纪念堂群雕》等。

除了《崔颢题诗图》和《九九鹤归图》，黄鹤楼景区的景物让我印象深刻的，还有矗立在蛇山之巅的一座青色花岗石雕塑——《精忠报国图》。猎猎战旗，滚滚长车，青鬃烈马，故国山河。伫立在这凝重的如同古城墙般的浮雕之前，仿佛还能感到岳家军誓死踏破贺兰山缺，用壮志洗却靖康之耻的热血豪情。后人曾评论岳飞的《满江红》说："千载后读之，凛凛有生气焉。"《精忠报国图》这座雕塑作品，也能给人以"凛凛有生气"的艺术美感。

《诗经·大雅》篇中，有一首《灵台》，开篇即说："经始灵台,经之营之。庶民攻之,不日成之。经始勿亟,庶民子来。"译成白话,大致的意思就是:灵台开始建造,认真设计架构巧。百姓一起动手干,不久就会建造好。建筑工程不能急,百姓口碑最重要。《毛诗序》说:"《灵台》,民始附也。文王受命,而民乐其有灵德以及鸟兽昆虫焉。"大意是说,百姓为周文王建造灵台,以此可证明文王有德,使人民乐于归附。

但是我的理解不尽如此。我觉得这古老的诗句里有对中国伟大的工匠精神的颂赞。所以,我更倾向于把"经始勿亟,庶民子来"理解成"建筑工程不能急,百姓口碑最重要"。

屈原《怀沙》里有这样几句:"刓方以为圜兮,常度未替。易初本迪兮,君子所鄙。章画志墨兮,前图未改。内厚质正兮,大人所盛。巧倕不斲兮,孰察其拨正?"翻译成白话是这样的:随流俗而易转移,有志者之所鄙视;守绳墨而不变易,按照蓝图守着规矩;只有内心诚信和端正,才能赢得君子们的赞美;工艺精巧即使不动斧头,也能看到他合乎正规。这难道不是对工匠操守和精神的礼赞吗?

"一样大名垂宇宙,几人相忆在江楼。"美丽的名胜留下了不朽的故事,天上人间,代代相传,使人即便身不能至,而心向往之。黄鹤楼，正是因为有了古代和今天的美好故事，而更添了几许文化的灵光和诗意的气象。

文化站站长

*

老刘是一位吹拉弹唱样样在行的民间文艺家。

我在幕阜山区收集民歌和民间故事的日子,多半住在枫林镇的文化站站长刘耀煌家里。枫林文化站,当时就设在老刘家的小院里。

院子里有好几棵高大的柿子树。我第一次去时是在深秋,柿子已经熟了。老刘亲自爬上树,摘下了一篮子带着粉霜的柿子招待我这个"文化干部"。

老刘是个很能干的文化站站长,他把枫林镇的乡村文化活动搞得热火朝天的。他们这里从1964年起,就有了文艺宣传队,后来又变成了采茶戏小剧团。最红火的时候宣传队有35人,前后进出的队员多达130人,都是不脱离生产岗位的当地农民。他们排的第一出小戏名叫《革新凯歌》,是以冯家塝的一个生产队队长为人物原型,由文化辅导员郑爱群执笔创作的。

刘耀煌给我看他们自己刻写蜡纸和油印出来的小戏本，让我帮助修改了一些他觉得比较拖沓的地方。他们给我的小戏本里还有《红松店》《机械迷》《亲家母赶鸡》等。

老刘从1966年起，一直担任枫林宣传队的队长。八个"样板戏"，老刘都能排演全本。他曾自豪地告诉我说，1971年他带着全本《红灯记》参加县里的会演，获得了第一名。次年，枫林文化站创作编排的《一升黄豆》和《苎麻丰收舞》节目，还参加了全省的调演，当时的湖北艺术学院还专门邀请他们这个小剧团去演了一场。湖北省文化局的陈先祥、省实验歌剧团的李娟娟等老师，都到过枫林坡山，指导排演他们参加调演的节目。

"你现在住的这间屋，陈先祥老师来时也住在这里。陈老师真是个好同志，舞也跳得好，文章也写得好。"这位陈老师，后来我也认识了，是一位著名的戏剧评论家，也是省戏剧界的前辈，能在她住过的屋子里住上一些时日，真是有幸。

我到文化馆后不久，就负责了一个重大的民间文化收集整理工程。当时，从国家文化部、各省市文化馆、民间文艺研究会，一直到县文化馆、乡镇文化站，都在搞民间故事、歌谣、民间谚语的普查、收集和整理，正式的名称叫"中国民间文学三套集成"。我负责的项目是《中国歌谣集成·湖北卷·阳新县歌谣分册》的收集、整理和编辑工作。

我住在刘耀煌家的那段日子里,他召集了附近各村的许多老艺人,给我唱民歌、小调和叙事诗,我一边录音,一边用文字记录下来。老刘在一边整理他挖掘出来的枫林民间板凳龙舞蹈《枫林车灯》。他自己在院子里亲手制作"板凳龙",有时喊我过去给他打打下手。

可惜的是,在我离开县文化馆的前一年,老刘患了不治之症,一病不起,过早地离开了人世。他患病的时候,我去枫林看他,他说:"小徐,你是大学生,好学上进,又能创作,我估量着,县文化馆这个庙太小了,留不住你的。可惜的是,我看不到那一天了。"说着,他的眼角里流出了大颗大颗的泪水。

我紧紧地抓住老刘的手,不知道说什么好。

老刘是一位吹拉弹唱样样在行的民间文艺家。他的英年早逝,让我很是悲痛了一些日子。我很敬佩和怀念这位文化站站长。我为他写了悼念的诗歌。现在,他家院子里的那些柿子树,恐怕早就不在了吧。

田野文化的守护者

——— ✳ ———

老费同志却一直守望在那片红土地上……

费杰成先生是多年前我在鄂南阳新县文化馆和县文联工作时的一位老同事,也是最早引导我去接触鄂东南民间文化、学习做田野文化调查的引路人。

1985年,他在县文化馆任副馆长时,我正在这个县的城关中学担任高中语文教员,业余从事文学创作,已有少量作品发表。老费同志四处奔走说项,把我从学校调到了县文化馆,之后又推荐我成为了县政协委员,前后担任了两届县政协常委。

那些年,他也经常带着我跋山涉水,在鄂南和赣北的幕阜山区体验生活、搜集民间歌谣和民间故事。此外,我们也给各乡镇文化站和乡村小剧团修改戏本,做一些群众文化和基层文学作者的组织和辅导工作。这种身份当时有一个很准确的名称,叫"群众文化辅导干部"。

那是迄今为止最接地气也是我最怀念的一段经历,我曾在多篇散文里写到过这段翻山越岭、走村串户的生活。那时候,鄂南有一些偏远的小山村还没有通上电,需要走夜路时,房东老乡就会举着松明子或点上"罩子灯",给我们引路和照明。饥了饿了,走进任何一户人家,都能吃到热腾腾的、散发着柴火气息的锅巴饭和老腊肉。渴了乏了,就猛喝一顿山泉水。翻山越岭走累了,呼啸的山风为我擦拭汗水。记得有一次老费带着我去过一个塆子,临走的时候,房东老乡特意到屋后的竹林里挖了两支像大碗口那么粗的竹笋给我。这么大的竹笋,简直就像童话里的竹笋一样,我后来再也不曾见到过,所以至今难忘。

我在阳新县工作期间,承蒙老费同志信任,让我尝试着创作带有鄂南山歌风味的歌词,他亲自谱曲,我们两人有过好几次合作。当时我们还有两首合作的歌曲,获得过湘鄂赣皖四省边城文联举办的文艺创作比赛的奖励。

20世纪80年代中期,国家文化部、国家民族事务委员会和中国民间文艺研究会一起,在全国各地展开了一项浩大的"中国民间文学三套集成"的搜集整理工作,各省市、地区和县里,都纷纷编印了自己的民间文学资料集。那时候,阳新县在行政区划上还属于咸宁地区,老费带着我,参与了咸宁地区的民间歌谣集的编辑工作，他负责民歌音乐曲谱艺术部分，我则负责阳新民歌歌词特点分析部分。我们还联手为《中国歌谣集成·湖北卷·阳新县歌谣分册》撰写了一篇序言。可惜的是，没过几年，我就离开了云遮雾罩的幕阜山区，离开了阳新县文化馆和县文联，调到武汉工作了。现在想来，假如当初我能一直留在那里，扎根于斯，去熟知那里的一草一木、一牲一畜，说不定我也能成为一位鄂东南民间文化专家，至少，我对幕阜山区的地理、物候、野生动植物和村野文化能了解得比现在更多和更深入一些。

老费同志却一直守望在那片红土地上，可以说是把自己毕生的热爱、才华、心血和力量，都贡献给了那片热土。他是真正的幕阜山区民间文化专家，从青年时代一直到古稀之年，他都在地处"吴头楚尾"的鄂东南和湘鄂赣皖边区从事田野文化调查和地域文化研究。天道酬勤，他迄今已经出版的这方面的专著有《祀稷锣鼓研究》《鄂南民俗撷论》《兴国州民俗考略》《兴国州民间长歌研究》等。

1991年，我在即将离开阳新县的时候，把老费同志扎根山区、大半生从事鄂东南民间文化研究的事迹，写成了一篇报告文学《家在江南黄叶村》，刊登在《中国文化报》上，登了一个整版。这篇作品还获得了当年《中国文化报》的报告文学奖,我作为获奖作者,被邀请到赣南井冈山一带参加了采风和颁奖活动。在这篇文章里,我写到了他当年发现和整理鄂东南祀稷锣鼓的故事。

那是在1972年冬天,年轻的费杰成被派到冯家湾水库工地去筑堤。但他没有想到,他这次竟会因祸得福。筑堤民工中,藏龙卧虎,十几位当地有名的民间艺人也在其中。老艺人明道宗,年迈体弱,家境艰难,无钱买烟抽,就只好抽芝麻叶子。费杰成看在眼里,有一天竟大着胆子悄悄逃到附近的石料山上卖工一天,挣了九角工钱,正好够为老明头买一条"红花牌"香烟。老艺人拿着一条子烟卷,感激得不知怎么才好。费杰成低声地说:"后生别无他求,只希望您老人家给我唱几段民间曲子。"老人不知道那些旧曲还有人这么看重。

有一天,费杰成无意中看见,老明头抽烟时用的燃眉纸上有些工尺谱符号。他敏感地一把夺了过来。原来,这就是流传在鄂东南的一部大型民间风俗乐曲的工尺谱手稿。他只隐约听说过,可从没见到。老人告诉他:"我从艺做吹鼓手大半辈子,学会了这套祀稷锣鼓。有一个抄本,想到反正如今不时兴了,大多让我抽烟做了燃眉。"当时剩下的只有15段残谱了。费杰成又是惊喜又是疼惜。他告诉老人,这可是咱家乡的祖传宝贝啊!老艺人反倒安慰他说,以后有工夫再为他续补出来，然而不久，老艺人竟一病不起，匆匆地离开了人世。费杰成收藏起了这份珍贵的残谱。

1974年，阳新县文化局突然通知他回县文化馆工作。尽管其时还有种种"莫须有"之罪名如同泰山压顶，但费杰成心中最大的重负仍是那份残缺的乐谱。他已明白，如果不把这份乐谱挖掘补全整理出来，既对不住死去的老艺人，也愧做一个故乡人子，更是对故乡宝贵的民间文化遗产的失职。从此，他便利用下乡的机会，处处留心，先后走访了20多名老乐手。苍天不负苦心人。在采访中，他先后搜集到5个祀稷锣鼓的手抄工尺谱本。但他发现，这些本子大都记录零乱，缺章少节。其中费友德乐师保存的本子，是他11岁时起就保存着的，他中途又补抄了某些章段，依照此本已造就了前后五代乐师共计300多人。但乡村乐师符号观念模糊，多数符号使用欠准确，有些谱点明显带有随意创造的痕迹。为了早日译出全谱，费杰成只有启发他们一字一句、一个声部一个声部地来演奏、来查对。

1979年春，费杰成又在阳新县韦源口镇的东湖村，找到了年近90岁的老乐师胡国祥老人（艺名"画眉鸟"）。奇迹就这么出现了：费杰成为老乐师端屎倒尿，洗衣劈柴。精诚所至，金石为开。老乐师竟然回光返照似的苏醒了他久远的

记忆。他抱病背诵了这套大型锣鼓套曲的全49支曲牌名称和工尺谱点,从而全部证实了整个套曲的曲牌、演奏、分布以及历史沿革等情况,同时为费杰成后来参照旁系艺人的传唱结构,对整个套曲进行艺术上和民俗上的全面考察、分析和研究,提供了真实可信的原始依据。

一套凝聚着新老几代艺人心血的大型锣鼓套曲,终于重见大日了。1983年6月,老费整理编撰的一部200多页的《祀稷锣鼓研究》出版问世。音乐理论家枫波先生在为该书所作序言中评价道:"祀稷锣鼓规模气势之宏大磅礴,乐器之众多,曲牌之丰富,套数之完整,目前在我省民间吹打乐中实属罕见。它是我省古代民间器乐曲的瑰宝,它凝聚着楚地音乐文化的古老传统,凝聚着楚地音乐的特有风格,不仅为研究民间吹打提供了活的例证,也为民俗学、社会学等学科提供了极为宝贵的史料。"武汉音乐学院史新民教授也说:"祀稷锣鼓是一个重大发现,其价值不亚于编钟乐舞。"

可是,为了他心中的这份热爱和这个理想,老费可真是没少吃苦头。他给我讲过这样一次遭遇:有年夏天,他在生产队放鸭子,一天,他独自赶着100多只鸭子,来到鄂州燕矶湖边。他在这里找到了一位老艺人,不知不觉就听老艺人谈到了傍黑天。等他赶着鸭群跨湖时,不料风暴骤起,小划子一下子就被大风吹翻了,他落入了湖中。他不会游水,又独自一人,离湖岸尚有40多米,四处无人能来施救。那一刻他心想,此生怕是再无归期了。谁知就在这时,与他朝夕相处的那群鸭子,竟然全部围拢到他的身体四周,不肯散去。老费说,也许正是这些小生灵的鼓励和暗助,唤起了他求生的希望,他随即抱住漂在不远处的划桨,顺风挣扎着漂到了岸边,才算保住了一条性命。他说,类似这样的经历,他可以跟我说上一天一夜。

在收到《祀稷锣鼓研究》样书的当天,老费一个人悄悄地离开文化馆下乡去了。他是一一拜见那些曾经相濡以沫的老艺人去了。在明道宗、"画眉鸟"等几位老艺人的坟前,他默默地坐了很久很久。他想到了自己童年时,跟着村里老艺人耍过欢快的《抛彩球》,牵着盲艺人的长竹竿沿村唱过凄凉的《过街》和《长工谣》,也无数次听过缠绵悲切的《哭嫁歌》、亢奋有力的插田号子和东路渔鼓。要不是一个偶然的机会,即1965年春天他被县采茶剧团发现并招收为学员,他可能会成为一个地地道道的民间艺人。正是民间音乐,改变了他的人生道路,最终也造就了他,成全了他,使他成为一位著名的民俗文化专家和民间音乐家。

《鄂东南人类文化史话》是一部关于鄂东南地域文化研

究的著作,也是老费晚年倾尽心力的一部力作。我甚至觉得,这也可能是他的一部"压卷之作"。因为无论是就年龄还是就精力来看,他都不可能再去翻山越岭地搞田野调查,再去写新的研究著作了。实际上,有他已经写出的那些著作存世,他已经无愧于自己这坎坷而艰辛的一生,也足以报答他对故乡桑梓的恩情了。

拜读着这部书稿,我再次强烈地感受到,他所研究的这些名目和学问,都很接地气,都来自鲜活的田野大地和民间,来自他多年来实地的采集、走访、搜寻、查对、甄别和推断。他的文字平实、质朴,尤其可贵的是,还尽量保留着一些田野调查中的"原生态"。有道是,描述得当,观点也就在其中了。我相信,他的学问,他的每一部书,都是写在鄂东南山川大地上的,是与那里的草木鸟兽和百姓的繁衍生息相依相关的。他的学问富有"人民性",有着深厚的乡土根基,因为紧接地气,所以富有鲜活的生命力和正能量。他的书,也是每一位鄂东南儿女最好的乡土文化读本,这里面有他们的历史、文化、信仰和乡愁,这里面也有他们的衣食住行、婚丧嫁娶与悲欢离合的生命故事。

俄罗斯文学家普里什文说过这样一段话:"在我的奋斗中使我显得突出的,是我的人民性;我的祖国母亲的语言和

对乡土的感情。我像草一样在大地上出生,像草一样开花;人们把我割下来,马吃掉我,而春天一到,我又一片青葱;夏天,快到彼得节的时候,我又开花了。"

这种不离不弃和自强不息的生命状态,与老费同志为了自己的理想而孜孜追求的人生,何其相似乃尔。重要的是,他把自己毕生的努力,都贡献给了生他养他的这片乡土,他因此也赢得了家乡人民的尊敬和爱戴,赢得了四方乡邻的口碑和赞誉,这才是比任何虚浮的荣誉更有意义,也更能传之久远、照耀后代的懿范美德。

留得片瓦听雨声

※

大地飞歌,托载着永恒的乡愁;草木枯荣,如同乡土之爱生生不息。

散文家苇岸有过"乡村永恒"的说法,可惜他英年早逝,只留下一部杰出的散文集《大地上的事情》作为例证。屠格涅夫在更早的年代里也说过,只有在乡村中才能写得好。俄罗斯诗人叶赛宁说他自己"连故乡的恸哭我都喜爱"。中国现代诗人臧克家则宣称自己爱农民,连他们身上的疮疤他也喜欢。沈从文几乎每一篇作品都是为自己爱过哭过的湘西写下的乡土志,是山河风雨传,也是苦难心灵史,湘西的一草一木、一牲一畜和雨丝风片,都在他的心底记忆得和保留得清清楚楚。他在一封家书里这样写道:"我心中似乎毫无什么渣滓,透明烛照,对河水,对夕阳,对拉船人同船,皆那么爱着,十分温暖地爱着!"

"家乡书长篇散文丛书",是从湖北省各地和各个行业,尤其是长期生活在基层的作者征集来的80多部书稿中,经过

层层遴选,并采取散文名家"一对一"审读和提出修改建议的方式,精心打磨,最终出版的十部散文集,包括舒飞廉的《草木一集》、蔡家园的《松塆纪事》、谭岩的《风吹稻花》、郑能新的《地坪河》、吕永超的《西塞山往事》、郭啸文的《灯影里的楚歌》、张永久的《黄金水道》、朱朝敏的《循环之水》、周凌云的《屈原的村庄》和楚云的《失落的周庄》。

这是从荆楚大地上收获而来的沉甸甸的金黄稻束,是浸润着桑梓之爱、饱含着故园之思,也呈现着村野之美的山河之书。天下最美的青山都是一层层乱叠起来的,整齐了反而减了丰盈与妩媚。这十部散文集虽然都以乡土记忆、村镇变迁、乡风民俗、山野草木为题材,但每位作者的切入点和叙事方式,以及他们所熟稔的那方水土和村镇的历史也各不相同,因此,十部作品摆在一起,山南水北,橙红橘绿,气息相似,而风姿各异。

数千年来形成的中国农耕社会形态,以及同时生成的鲜明的农耕文明、朴素的乡村伦理和乡俗民风,在今天日新月异的改革与变迁中,所要承受的隐痛、扭曲、忧思与乡愁,如影随形,无法避绕。而所有的作家又都是恋乡的,他们的脚步和身体已进入城市,但根脉还在村庄里。因此,在他们的"家乡书"中,如同血液一般汩汩流淌的,是一个个乡土

赤子对出生于斯、成长于斯、奋斗于斯和歌哭于斯的父母之邦的挚爱、眷恋、忧思与牵挂。几乎每一部"家乡书"中，都充溢着作者对各自的故乡的爱与知、忧与思，散发着荆楚农村的烟火气息，也真实地传达了各自的乡土上的民生之艰辛、乡亲们的欢笑与疾苦，精准地洞察和揭示了一些民情民风变迁与转移的秘密，包括传统伦理被撕裂、价值观失衡、道德滑坡等带来的无奈与痛楚。郑板桥诗曰："衙斋卧听萧萧竹，疑是民间疾苦声。些小吾曹州县吏，一枝一叶总关情。"这十部散文集有一个共同的特点，就是每一部里都充满了这种"故乡关怀""底层关怀"，即便是那些草木之咏、稻菽之歌，也是"一枝一叶总关情"。

《松塆纪事》的作者蔡家园的一番话，也许代表了十位作家共同的"文心"："在流动的事实和变化的乡村面前，……（我希望）如实记录那一群寂寞而鲜活的生命。同时，我还希望借助对于时代细节真诚而耐心地梳理，多角度还原被文化精英改写过的乡村历史情境，并揭示一代又一代农民的精神境遇。我相信，透过村庄悄然生长的历程和偶尔浮现的喧嚣，能够真切地认识和理解时代的变化以及深藏在大地深处的某些被忽略的或遮蔽的力量，进而反思这个国家半个多世纪以来曲折艰辛的历程，并思考中国未必一帆风顺的未来。"

《松塆纪事》全书写的是松塆这个地处长江之畔的小村里一些人物的生活故事和命运遭际。每个人、每个家庭的呼吸与悲欢集合在一起，就是整个村庄的气息与悲欢。这些人物与故事的讲述里充满了文学性，而且其中也有费孝通当年写《江村经济》的社会学意义。作家在写作中引入了社会学的田野调查和经济学的样本分析等方法，用文学语言写出了一个村庄从1949年至历史新时期的"断代史"，或者也可视为一部文笔生动的"村庄志"。

　　《草木一集》与《松塆纪事》异曲同工。作家聚焦于家乡一个名叫"金神庙"的集市，将这个沉淀着千百年百姓记忆的小镇上的历史、地理、农事、物候、风土、人情等方面的细节一一勾画出来，让读者看到了千百年来的一幅完整的农业社会的生活画卷。

　　一个不熟悉自己的乡土文化和精神根脉的人，对全世界也将是陌生的。古老的东方史诗里有这样的吟唱：树影拖得再长也离不开树根；游子离家再远也走不出母亲和故乡的心。因为熟悉土地，熟悉农村生活，这十部散文里另一个明显的，也是共有的特点，就是每一部书中都融进了四季风物、民间风习、自然物候、乡村伦理、乡约村规等自然与文化内涵，传递出了丰富多彩的乡土文化信息。

例如《草木一集》里，除了乡民、牲畜、草木的生命和生存状态，书中也有大量对集市上的乡土艺人的手艺以及"抬故事""皮影戏""莲花落""黄梅戏"等传统民间文化的描述与呈现。《草木一集》是唱给童年记忆的恋曲，也是献给乡土文化的挽歌，《草木一集》里也簇生着丰茂的"文化乡愁"。

对自己的乡土文化遗产、前辈乡贤的文化遗迹，尤其是对一些历经久远的岁月风雨而艰难地保存和流传至今的乡土风习和地方文化种子，心存敬畏与尊崇，并且用细致温润的文字予以复现，予以传递与保护，意在传承和张扬。十位作家的书中都留下了一些乡贤遗踪追寻、故乡文脉梳理、乡俗民风考察的篇什。如《西塞山往事》《灯影里的楚歌》《屈原的村庄》《黄金水道》，几乎整部书都在讲述着一方水土的历史和文化变迁故事，寻绎着一方水土从蒙昧落后走向现代文明的艰难历程。作家们驻足和徘徊在那些历经数代而旧颜未改的庙宇、老屋和断垣、残瓦之间，或钩沉一些事件、一些人物的来龙去脉，或寻找和发现一些文化风习与人物命运的转移秘密，寻绎着乡土文化的沧桑史，也揭示和破译着这一方乡土上如野草一般顽强的生存之谜和浴火重生般地迈向"新农村时代"的发展之谜。

优秀的散文家总是能够把原初的记忆、观察、体验和感受，准确、鲜活和生动地保存下来，让读者领略到最接地气、接近"原生态"的散文之美。这十部"家乡书"，也是十部"美文集"，无论是记述乡土人物、乡村景物和乡间名物的集束短章，还是如《黄金水道》《西塞山往事》这样近乎全景式的、长篇性质的"大散文"，皆从真实的生活观察和体验中来，从真实的乡土田野调查和丰盈的史志采撷中来，最终呈现给读者的是既富有浓郁的乡村生活气息又富有文采和原创性的"文学文本"。如《风吹稻花》《地坪河》《循环之水》《失落的周庄》，都做到了把作者多年的乡村生活体验与积累的细节记忆，经由如同植物根须一般细致、准确和接近地气的文笔，描述和呈现得清清楚楚、鲜活如初。青青的禾苗如何渐渐变成金黄的稻菽；收割后的稻草被突降的夜霜覆盖之后，又如何渐渐变得灰白而散发出干爽的芳香；在未被现代工业蚕食和污染之前的淳朴的农耕生态；散发着稻花、青艾和杨梅花的清香和白鹭徜徉、萤火飞舞的小田园；田野四季的气息、色彩和光芒；曾经的人情怡怡的邻里关系与热闹祥和的小村光景……都在细节密集的文字里得到了表达。

大地飞歌，托载着永恒的乡愁；草木枯荣，如同乡土之爱生生不息。习近平总书记在中国文联十大、中国作协九大

开幕式上的讲话中,这样期望广大文艺工作者:"今天,在我国960多万平方公里的大地上,13亿多人民正上演着波澜壮阔的活剧,国家蓬勃发展,家庭酸甜苦辣,百姓欢乐忧伤,构成了气象万千的生活景象,充满着感人肺腑的故事,洋溢着激昂跳动的乐章,展现出色彩斑斓的画面。广大文艺工作者大有可为,也必将大有作为。我们的文学艺术,既要反映人民生产生活的伟大实践,也要反映人民喜怒哀乐的真情实感,从而让人民从身边的人和事中体会到人间真情和真谛,感受到世间大爱和大道。""家乡书长篇散文丛书"是有温度、有深度、有分量的文学果实,是从荆楚大地的田野上,而不是从文学的象牙塔里收割而来的金灿灿的稻束,像这样接地气的创作路子,无疑是对习近平总书记的嘱托和期望最好的响应与践行。

童谣与风俗画里的乡愁

*

这是真正的乡土记忆、中国故事,也呈现着真正的民族情怀……

世界上有很多歌与诗,都被时光的流水卷走,永远消失了。但是也有一些古老的歌谣,被一代代人口口相传,流传至今,或将传之永恒。这其中就有一些老童谣。

旧时的童谣往往没有具体的作者,它们大多是长辈们如外公外婆、爷爷奶奶和爸爸妈妈顺口编唱出来的。也有一些童谣,是小孩们自己在游戏玩耍时的"即兴创作"。对中国民间文学多有考究的汪曾祺先生曾著文称赞说,童谣是一个人生命之初所接触的,并且会影响毕生艺术气质的"纯诗",它们美在有意无意之间,它们富有生活情趣和纯真的童趣,不仅有助于孩子认识世界和生活、展开童年的想象力,也能培养他们对母语的热爱之心。

中华民族从来就有"诗教"传统。《三字经》《弟子规》《千字文》《千家诗》等传统的儿童蒙学读物,与诞生在不同地域、带着各自的方言韵律和风俗特点的土生土长的童谣，就像"诗教"的两翼，缺一不可。我甚至还觉得，那些古老、单纯和朴素的儿歌与童谣，就都是播撒在童年土壤里的种子。种子里有什么，未来的花茎和果实里就会有什么，包括一个人的善恶感、价值观、想象力，也包括一个人的情怀、记忆、文化根脉与全部的乡愁。

萧继石先生积十数年搜集、整理的功德而精心创绘的《老武汉童谣》风俗画系列，不仅给武汉这座老城献上了一份珍贵的乡土文献和童年画卷，也让我们看到了武汉三镇的市井街巷里曾经有过的烂漫、鲜活和纯真的乡土童年之美。

例如《放风灯（筝）》："清明节，草发青，我跟姐姐放风灯（筝）。大鹞子，小八卦，摇头摆尾云里爬。东一扯，西一拉，飞到天上走人家。"旧时武汉把风筝称为风灯，也称鹞子。这首童谣情趣盎然，画家画得也情景生动，跃然纸上。

又如《骑竹马》："骑竹马，走人家，走到半路接家家，家家家家屋里坐，我给家家拓粑粑。"还有《绊根草》："绊根草，节疤多。人家说我姊妹多，我里姆妈说不多。驮三个，抱三个，堂屋三个陪客坐，房里三个包裹脚，塘里三个摘菱角，稻场三个拍桩枒，山上三个捡柴火，楼上三个绣花朵，你说我姊妹多不多。"如果用地道的老武汉方言念唱出来，尤其有味。

古老的童谣和市井的弦歌重新唱响，远去的风俗和模糊的记忆也得以复现，这不仅仅是一种梦寻与怀旧，更是一种修复与承传。再看这首《莫笑》："天上星，朗朗稀，莫笑穷人穿破衣，十个指甲有长短，荷花出水有高低，哪个人人穿好衣。"《糯饧糖》："糯米饧糖，越拉越长。拉到汉口，拉到汉阳。"《摇摆手》："摇摆手，家家走；搭洋船，下汉口；吃鸡蛋，喝米酒；买对粑粑往转走。"还有《三岁伢》："三岁的伢，穿红鞋，摇摇摆摆上学来。先生先生你莫打我，我回去吃口妈妈再来。"

这是真正的乡土记忆、中国故事，也呈现着真正的民族情怀，散发着传统美德的芬芳。幽微之处，呈现出人性的美善与真纯；谐谑之间，启迪着人们对世道人心的认识与容纳。

还有一些老童谣，纯粹就是幼童玩耍时的谐谑和逗趣。西方也有不少这样的"逗趣歌"，也被称为"胡诌歌"。如英国著名儿童诗人、画家爱德华·里亚，就为小孩子写过许多脍炙人口的"胡诌歌"，在英国几乎家喻户晓，流传很广。《老武汉童谣》里也不乏此类篇什。其中的想象是奇特的，也没有逻辑性可言，甚至还带点"无厘头"意味。

例如《推磨》："推个磨，扯个磨，推的粉子白不过，做的粑粑甜不过；爹爹吃了十三个，留了三个给婆婆，婆婆吃了磨不过，半夜起来摸茶喝，门栓撞破后脑壳，哎哟哎哟疼不过，跑到医院贴膏药。"《一只鹅》："南边来了一只鹅，一飞飞到柳家河。柳家河的姑娘多，会打哈哈会唱歌。大哈哈，一斗米，小哈哈，一包盐，还说我的哈哈不值钱。"

这样的童谣在语言文字上朗朗上口，富有韵律感，幼童们念唱起来像在念"绕口令"一样，会觉得十分开心和有趣，是一种真正的"悦读"。这也是童谣里所不可缺少的"儿童游戏精神"。他们获得的是童心的恣意、自由和愉悦，是语言、文字、音韵上的戏谑和趣味，是对自己母语的语感的玩味和体会，当然也不排除能有一点点生活习惯、常识认知上的收获。

萧继石用他所娴熟的水墨儿童画和市井风俗画，再现了《老武汉童谣》里的乡土童年与市井风习，同时，在搜集和整理这些童谣时，他还用恬淡的散文笔调，略作民俗、名物、掌故上的小考证，甚至对某些童谣的来源与流传，也稍做梳理。闲散几笔，皆显情致。

如前面说到的那首《放风灯（筝）》，他略述民俗上的考索：旧时武汉把风筝称为风灯；民俗传云，放风筝可以放走一年的晦气，清明是放飞风筝的集中时节，也是最佳时节。

再如《蛐蛐》一首："蛐蛐蛐蛐你莫叫，你的妈妈我知道；蛐蛐蛐蛐你莫哭，明天跟你搭个屋。"民国时，汉口斗蛐蛐游戏已形成规模，花楼街的茶楼"楼外楼"甚至专辟两三个站台，供茶客和斗蛐蛐者围观。萧继石援引小注曰："儿时习唱。基调有点凄凉。听到那蛐蛐的孤独叫声，或许引起了某种伤情共鸣。他忍不住安慰一声，蛐蛐啊，不要叫了，不要哭了，你要是想妈妈，明天我就带你去找她，你要是没有房子住，我明天就帮你盖一间吧。"这样的小注里，不仅有民俗和名物的考索，更是对童年和乡愁的咏叹。

印度民间故事诗《沙恭达罗》里有这样两句："你无论走得多么远也不会走出了我的心，黄昏时刻的树影拖得再长也离不开树根。"不忘初心，方得始终。童年失落的地方，童谣回响的地方，才是故园和家乡，才是美丽的乡愁萦绕之所。

节俗故事里的爱与美

※

"小孩儿小孩儿你别馋,过了腊八就是年……"

中华民族经过一代代人的传承,流传下来许许多多古老和美丽的民间传统节日。这些传统节日几乎贯穿了一年四季中的十二个月份。仅仅是汉民族的节日,就有春节、元宵节、清明节、端午节、七夕节、中秋节、重阳节、冬至节、腊八节等。中华民族又是一个多民族的大家庭,每个不同的民族又有各自丰富多彩的节日,如果把56个民族里所有的民间传统节日都罗列出来,那几乎就是一部"小百科全书"了。

每个传统节日的起源和流传的背后,都有一些美丽的故事传说。毫无疑问,这些故事传说里不仅记录着不同民族、不同地域、不同时代的民间风俗和文化传统,也包含着是非分明的价值观和道德观,滋养着一代代人的善恶感、同情心与想象力。它们是真正的"中国故事",散发着中国情怀和中国传统美德的芬芳,为中国历代文人们的创作,包括今天的原创图画书创作,提供了丰富多彩和取之不竭的故事资源。从近些年来出版的中国原创图画书中我们可以看到,有关中国民间传统节日、节气的风俗故事,是很多作家和画家们喜欢表现的题材。

腊八节,是我国的一个历史悠久的民间节日,即每年农历十二月(腊月)初八日。这天,家家户户会用熬腊八粥、蒸腊八饭、腌制腊八蒜等方式欢度节日。有的地方还会敲锣打鼓欢庆节日,腊八节的锣鼓,被称为"腊鼓"。

由张秋生著、朱成梁绘的《香香甜甜腊八粥》,讲述的就是中国北方的一个小山村里的小女孩嫣儿跟着她的奶奶、妈妈过腊八节的故事。由郑春华著、朱成梁绘的《屋檐下的腊八粥》,以一只小燕子的视角,讲述了中国南方人家过腊八节的故事。

在《香香甜甜腊八粥》里,一大早,小女孩嫣儿就帮着奶奶忙活着筹集东西,在大柿子树下准备熬腊八粥了。

腊八粥,当然是只有腊月初八才能熬的,得有八样东西,比方大米、小米、高粱米、红枣、红豆、栗子、核桃、花生等。熬好的腊八粥,除了供自家人分享,还应该分送给邻居、供养给先人、分散给小动物们。在故事里,嫣儿就用小篮子拎着盛着腊八粥的锅,给村里几位年龄大的爷爷和奶奶送去了腊八粥。

我小时候曾听爷爷说过,腊八粥不光是熬给人吃的,家家户户的马、牛、羊、猪、狗、鸡、鸭、鹅等,都得有一份。这是因为,传说腊八节这天,玉皇大帝要派牛魔王、天蓬元帅下凡来专门查看各家对牲畜家禽是不是善待了。如果牛魔王、天蓬元帅看到自己的同类也和人一样吃着腊八粥,便会很满意地回到天上去,让玉皇大帝多多降福给人间。这当然只是民间传说而已。不过从中可以看出乡下人对于牲畜家禽们的感情。牲畜家禽们对我们乡下人恩重如山,我们也总是把它们敬为上宾。所以在《香香甜甜腊八粥》里,我们看到了许多小动物,如狗、猪、羊、牛、狐狸,甚至还有好多小老鼠和小鸟,它们都分享了腊八节的快乐。在《屋檐下的腊八粥》里,胖婶家熬好了腊八粥之后,那个小男孩也把窗外的小燕子抱进了温暖的屋子里的小饭桌上,让小燕子同他们一起分享腊八节的美食。

从这些故事细节里不难感受到,腊八节,其实也是一个包含分享、感恩、亲情和爱的节日。何止是腊八节呢!中国许多传统节日里,例如春节、元宵节、七夕节、中秋节、重阳节等,都与分享、感恩、亲情和爱有着千丝万缕的联系。正如郑春华在故事后面写的一段"创作谈"里所说:其实,今天在那些民间节日里,"吃什么已经不重要了,重要的是通过这种方式将家庭成员聚集在一起,共同用亲情去抵御生活中的寒流"。这些"家庭成员",除了人类,当然也包括生活在屋檐下,与人类朝夕相处的小燕子一家,还有与人类不离不弃、默默相守的马、猪、牛、羊、鸡、鸭、鹅等牲畜家禽。

朱成梁是一位善于发现独特生活细节、十分讲究细节表现的艺术家。看一看《香香甜甜腊八粥》里的人物服饰、房屋样式和农家小院里的陈设,你就会知道,这是典型的北方的农家小院,例如冬天里挂满通红柿子的柿子树,对着红高粱的石头墙壁,被大雪覆盖的冬日的村庄等;看一看《屋檐下的腊八粥》,你就明白,这是江南农村的人家,例如挂在墙壁上的斗笠、蓑衣和在栽秧时使用的农具,还有小小的竹椅子等,都是江南特有的物品。两本图画书里的两个农家小院,都充满了真实的、浓郁的生活气息,无数的、密集的细节都在无声地散发着农家日常生活的芬芳,让读者形象地、充分地感受到了洋溢在古老的腊八节里浓浓的爱与美的气氛。

关于腊八节的起源,我在一本专门谈论民间风俗的书中,看到过这样一个有趣的故事:

明朝皇帝朱元璋小的时候,家里很穷,常常忍饥挨饿。

有一次，他和一群放牛娃到一家庄子里去偷东西吃，东找西找，却什么也找不到，折腾了半天，只在瓦罐下发现了一个老鼠洞。听说老鼠洞里常藏有粮食，他们就挖呀挖呀，终于挖到了一个很富足的鼠仓，里面有大米、豆子、粟米、红枣。于是他们就把这些东西都捡到了一个瓦罐里，在野地上架起石灶熬成了一罐粥。当时他的肚子实在饿很了，所以这顿粥的滋味比什么都香甜。

后来，朱元璋做了皇帝，不用说，天天吃山珍海味。可是，好东西吃腻了，他便又想起当放牛娃时吃的那罐子粥来，于是就吩咐御厨把杂七杂八的粮食合在一起，熬了那样的一锅粥。那天正好是腊月初八。朱元璋于是就给这种粥起名叫"腊八粥"，并吩咐下去，家家都照着这个样子做起来……只是不知道，当朱元璋坐在龙椅上吃着御厨做的腊八粥时，是不是还像当年那样津津有味儿。

童年里的所有故事和书，都是种子。未来的花朵和果实里有的，种子里早已有了。当然，童年时代应该多读什么书，也是一个问题。对此，我的一个基本认识就是：不熟悉自己的家园、文化和根脉的人，对全世界也将是陌生的。一个在中国大地上长大的孩子，怎么可以不去知晓、不去了解那些古老的"中国故事"？怎么能不去熟悉自己的文化根脉？这也是这两本关于中国传统节俗故事图画书带给我的一点启发。

中国民间还有一个说法：一进入腊月的门儿，就算是迈入了新年的门槛。在《香香甜甜腊八粥》故事的结尾，小女孩嫣儿和村里的小伙伴们，迎着飘舞的雪花，唱着一支古老的童谣："小孩儿小孩儿你别哭，过了腊八就杀猪；小孩儿小孩儿你别馋，过了腊八就是年……"是啊，腊八节到了，离小孩子们盼望的新年就不远了。

杏花春雨江南

———— ✽ ————

没有一朵花,不渴望在春天里盛开。

江南春早,多少温润的杏花消息,都传达在潇潇雨声之中。汪曾祺先生描写早春时节杏花的开放:"杏花翻着碎碎的瓣子……仿佛有人拿了一桶花瓣撒在树上。"真如神来之笔。

我的恩师、老诗人徐迟先生多年前写过一首短诗《江南》,诗中有这样的句子:"清明之后,谷雨之前,江南田野上的油菜花,一直伸展到天边。……透过最好的画框,江南旋转着身子,让我们从后影看到前身。"许多诗评家都把这首诗看作一般的风景抒情诗,老师生前却告诉我,这其实是一篇"政治抒情诗",因为在当时,人民解放军百万雄师即将跨过长江,他的家乡、美丽的江南小镇南浔,即将解放。他写诗那天,刚刚在上海领受了党的秘密组织交给他的光荣任务,让他回到家乡小镇,组织好学生,准备迎接大军到来。诗人心中藏着巨大的喜悦，打马驰过油菜花盛开的江南大地，于是写下了这首与"杏花消息雨声中"异曲同工的"政治抒情诗"。

春天里花事纷纭。没有一朵花，不渴望在春天里盛开。有一些花迟迟含苞未放，我相信，它们一定不是要故意错过温暖的季节，也许只因为心中还另有期待。在我的印象里，最能够象征早春时节的花朵，当然是金色的迎春花了。

曾经听过一个关于迎春花的传说，很久很久以前，花神召集百花，商议谁在什么季节开放。当冰雪还未融化，北风还在呼呼地吹着，一切都瑟缩在寒冷的梦中时，谁能踏着刺骨的冰雪到人间去，向人们预告春天呢？玫瑰、牡丹、芍药、莲花……都默不作声。沉默中，一个小姑娘毅然站出来轻声说道："让我去，好吗？"她的目光里含着深切的期待。花神吃惊地打量着这个娇弱而勇敢的小姑娘。她是那么天真和自信，她穿着鹅黄色的裙子，像一个从没见过生人的小孩子一样，不胜娇羞。花神微笑着点了点头说："去吧，只有你，才属于春天！"她送给小姑娘一个美丽的名字——迎春。

迎春花只是稍稍打扮了一下，在发辫上插上一朵金黄色的、散发着淡淡清香的小花，便告别众姐妹，只身来到人间。她来到人间时，大地还被厚厚的冰雪覆盖着，春天还在远处的路上，孩子们还在做着堆雪人的梦。迎春花是春天和大地的女儿，她来了，一切都渐渐变得温暖起来、湿润起来，小河悄悄解冻了，雪花在天空化为细雨，泥土变得松软了，小草在悄悄返青，所有冬眠的生命都开始苏醒过来……

除了迎春花，还有一种那默默开在早春的田边溪头的小野花——荠菜花，也是早春时节的象征。小小的白色的花朵，星星点点地散布在江南大地上。说是花朵，其实是一种地道的乡间野菜。江南许多省份包括湖北，都称为"地米菜"。

清朝叶调元在他的《汉口竹枝词》中写到长江流域的一个春俗："三三令节重厨房，口味新调又一桩。地米菜和鸡蛋煮，十分耐饱十分香。"这里的"三三令节"，即农历三月初三的上巳节，地米菜即荠菜。细心的母亲们在这天一大早，会从外面买回一把新鲜的荠菜，用荠菜煮一些新鲜鸡蛋给家人吃。据说小孩子吃了荠菜煮的鸡蛋，一年都不会肚子痛。而在江南另一些地方，如江浙一带，这一天又被称为"荠菜花生日"。这一天，在乡村里，老奶奶们会采回一些小小的新鲜的荠菜花，簪在姑娘们的发髻和鬓边，以为纪念。据说，这一天戴了荠菜花，还可以保一年之中不会头痛。然而，就是这么一个富有诗意和民俗趣味的美好节日，今天竟然被人忘却了，甚至可能永远失传了，想起来未免感到十分可惜。

荠菜花很小,而且和别的花朵比起来毫不起眼,但是,她具有强大的生命力。像小小的朴素的迎春花一样,她也是春天和大地的女儿,她的美丽,她的清香,同样属于春天,属于山野和大地。值得庆幸的是,毕竟还有一种与春天的荠菜关联在一起的东西没有失传,那就是传统小吃:炸春卷。最地道、最好吃的春卷,当然是清香的荠菜馅的春卷了。眼下正是新鲜的荠菜上市的季节,而几乎每一个菜市场里,都能看到包春卷、炸春卷的摊位。不少主妇更愿意自己买回新鲜的荠菜和春卷皮,自己动手做一些春卷给家人分享。

荠菜花的美是属于山野的,荠菜的清香也是大地的清香。在这"一日春光一日深,眼看芳树绿成阴"的杏花时节,我也不禁想起了宋代诗人张耒的那首《二月二日挑菜节大雨不能出》:"想见故园蔬甲好,一畦春水辘轳声。"而另外一联咏赞荠菜的诗——"城中桃李愁风雨,春在溪头荠菜花",却怎么也想不起作者来了。且不管作者是谁吧,重要的是,它使我们在吃着美味的荠菜春卷的时候,会怀念起小小的、朴素的荠菜花的美丽与清香。荠菜花是春风和春溪的梦,是柳叶莺和燕子的梦,是骑在牛背上吹着叶笛的小牧童们的梦,也是乡村少女们的梦。

有位诗人说,鲜花是连儿童都能理解的语言。古代的人们甚至还想过，所有的花儿有一个共同的生日，这便是旧俗中的农历二月十二日的"花朝节"，又称"百花生日"。以崇尚"灵性"闻名的清代诗人袁枚，就曾写过一首小诗，题为《二月十二日》："红梨初绽柳初娇，二月春寒雪尚飘。除却女儿谁记得，百花生日是今朝。"许多史书上也记载过，在这个富有诗意的"花朝节"里，人们自然要庆贺一番，或"妇女头戴蓬叶"，或"士庶游玩"于乡间田野。特别是在山水明秀的江南一带，人们在这一天会用彩绸或五彩纸剪成一面面小旗子，称为"花幡"，挂在花卉、树木上，以此为百花祝寿。小说《镜花缘》里曾记述了这样一个传说：武则天当上女皇之后，在一个严寒的冬日，因看见梅花盛开，便忽发奇思，乘兴下诏，并写成一首《催花诗》，要百花同时开放。总管百花的女神，名为"百花仙子"，这天正好出游在外。众花接到则天大帝的诏书，无从请求，只好同时竞相绽开……当然，这样的传说不足为信。但《全唐诗》里确实收录了武则天的那首《催花诗》："明朝游上苑，火速报春知。花须连夜发，莫待晓风吹。"

　　散文家秦牧说过，对着那些花团锦簇，我们从看到的花想到没看见的花，从知名的想到无名的，看它们都在浅笑低语似的，它们都像是眨着眼睛在启发着人们说：再猜猜吧，瞧，

我们为什么会这样美呢？花朝节，不仅仅是一个花的节日，也是一个文化节，一个用鲜花装饰的"美育节"。

二十四番花信风，总是轮番吹过。无论是梅花、山茶、水仙，还是迎春、桃花、棠棣、蔷薇，或是牡丹、芍药、丁香、菊花……我相信，正如同百花对于它们赖以生存的泥土与空气的热爱一样，我们古老和伟大的中华民族，从来也是一个热爱美、热爱自然、热爱鲜花的民族。各种花朵所蕴含的或高洁，或热情，或雍容华贵，或朴素本色，或娇艳芬芳，或铁骨铮铮……不同的品格、气质与风骨，也都是中华民族历尽艰难而不坠、曾经风雨而未泯的信念与追求。

火车，火车，带着我去吧

*

没有我不肯坐的火车，也不管它往哪儿开。

我在故乡的小镇上念初中一年级的时候，班上有一个姓王的男生，有一天突然"失踪"了，校长、老师和他的家人，找遍了四周所有他可能去的地方，包括一些水深的河湾、机井、水库，却都没有找到，真正是"活不见人，死不见尸"。这件事轰动了当时整个小镇，乡里百姓甚至传闻，这个孩子也许是让大青山上的"狐仙"给拐走了……

可是，就在老师们和他的家人已经绝望，准备把他从学校的花名册上"勾掉"的时候，他却又突然衣衫褴褛地出现在了大家面前。大家纷纷询问他到哪里去了，他竟然自豪地说："坐火车，去东北了！"

原来，他先去了青岛四方火车站，从那里"扒火车"，一路向北，最后到了遥远的东北！记得当时他还告诉了我们一个地名叫"延吉市"，那确实是东北吉林省的一个地方。

好家伙！一个从未出过远门的初中一年级学生，身无分文，竟然和学校、家里不辞而别，独自"扒火车"一路走到了那么远的东北，然后还能活着回来……这简直就是一个奇迹嘛！这个同学，一下子就成了我们全校和方圆四周人人知晓的人物，学校里的高年级同学还在黑板报上"登载"过他的故事，记得有人还用《卓娅和舒拉的故事》里的话"夸奖"过他的这次远行："我们一定要像英雄一样地执行任务，如果死了，那么也做个英雄。"

这个同学归来后，学校并没有开除他，而是宽容地把他留在我们班里继续念书。至于他的父母亲是怎么对待他的，是否会结结实实地给他一顿"死揍"，那就无从知晓了。

当时我们这些同学，几乎谁也没有坐过火车，但是毫无疑问，大家都很向往能坐一次火车。也正是这位英雄般的同学，亲口给我们描述了他坐火车的感受，我至今还清晰地记得他说到的那种感受："火车跑得像飞一样快，车外面的那些树，一棵一棵，都是飞快地向后退去的……"现在想来，他的描述还是蛮准确的，不是在胡编。

不久前，我在诗人金波的一篇描写东北林区的小散文《森林小火车》里，看到他写火车"在森林的大海里行驶"时，有一个细节是这样描述的：

车窗外,闪过一棵棵大树,它们挥舞着手臂,好像列队欢迎着我们,又像接受着我们的检阅。

坐在森林小火车里,满眼看到的都是树。我听见小火车一面跑,一面和大森林打着招呼:

树……

树……

树……

大树一棵棵向后面退去……

别出心裁的文字排列形式,把坐在森林小火车上看见一棵棵大树从窗外向后闪过的那种感觉,表现得多么准确、逼真和形象,这使我顿时想到了许多年前,我那位初一同学对我们讲述的坐火车的感受。

美国女诗人米莱写过两行关于"火车"的诗,也令人难忘:"没有我不肯坐的火车,也不管它往哪儿开。"这差不多写出了所有生活在寂寞和闭塞的乡村的少年人的梦想。我第一次看到这两行诗时,首先想到的也是我那个"扒火车"去了东北的少年同学。

我的老师、已故著名诗人曾卓先生,也写过好几篇关于火车的诗歌和散文。他的儿童诗集《给少年们的诗》里,有一首《火车，火车，带着我去吧》，其中有这样的描写：

> 黄昏时，
> 我常坐在山坡上，
> 看火车从远方来，
> 又向远方去了，
> 我的心也跟着它飞得很远，很远……
> 火车轰响着在我面前飞奔而过，
> 它在我心中唱着奇妙的歌，
> 它向我歌唱：辽阔的大地和宽广的生活。
> ……
> 火车，火车，带我去吧，
> 带我去看美丽的江南，看黄土高原，
> 看泰山日出，看昆明石林……
> 看我只在地理课和游记中读到的
> 许许多多的城市和名胜……

我很喜欢这首诗，曾经在一个学校的晚会上给孩子们朗诵过。我觉得，这首诗和诗人何其芳的那首《生活是多么广阔》一样美丽、浪漫和富有少年人的壮志豪情。

也是曾卓老师，曾经给我讲过一个感人的故事，也与火车有关。我已把它写成了一本绘本故事《远方》：

有一个十三四岁的少年，和他病弱的妈妈一起，住在一个广漠的平原地带的小小火车站附近。母子二人相依为命，在自己的乡土上辛勤地劳作着，却还是过着十分贫困的生活。

这个乡村少年住的附近很少有人家，日子过得那么孤寂、单调，甚至有几分忧伤。对他来说，他仅有的一点欢乐时光，就是火车从远方驶来，在小站上停留那几分钟的时刻。这时候，不管他手头正在做着什么活儿，一听到汽笛的长鸣声，他就停下手来，飞快地向小车站跑去……

他计算得是那样精确，几乎总是和火车同时到站。车厢里响着音乐和旅客的说话声，夜里也亮着灯光，拥挤着各样的人，汇集着不同的方言——对这个孤寂的少年来说，那是一个多么热闹、生动、活跃的世界啊！

因为奔跑了好一会儿，也由于激动，他的呼吸是那么急促，额头上还有晶亮的汗珠儿。他贪婪地观望着火车里的一切，心中一定勾起了许多的想象和渴望。但仅仅只是短暂的一会儿，随着一声汽笛长鸣，火车又喷吐着白烟，向着远方飞奔而去了……

平原上又变成了一片沉寂。当然，还有火车留给这个少

年的一天又一天灰暗的日子、贫困的生活。

　　有一天，他病弱的妈妈再也挺不住了，咽下了最后一口气。少年痛苦地掩埋了妈妈，在妈妈土坟旁的大树下坐了一整天。

　　两天后，在黄昏星升起的傍晚时分，当火车吐着白烟再次经过这里的时候，少年背起自己小小的行囊，跳上了火车，毅然离开了自己的故乡和家园，离开了这片孤独的平原。

　　前路茫茫，举目无亲……但他怀着一颗无所畏惧、义无反顾的心，就这样踏上了他真正的生活的道路。

　　对这个第一次离开故土、离开家园的少年来说，驶向未知的远方的火车，意味着他对于新的生活的渴望、对于新的命运的寻求，从此开始了……

　　火车将把他带到什么地方去呢？在远方，将会有什么样的生活和命运在等待着他呢？谁也不会知道。重要的是，他勇敢地跳上火车，向着远方出发了……

　　我在写这个故事的时候，不禁也想到了诗人余光中翻译的土耳其诗人塔朗吉那首写火车的诗：

去什么地方呢？
这么晚了，

美丽的火车,
孤独的火车。
凄苦是你汽笛的声音,
令人记起了许多事情。

为什么我不该挥舞手巾?
乘客多少都跟我有亲。

去吧,但愿你一路平安,
桥都坚固,隧道都光明。

我用这首美丽的小诗,祝福着我心中远去的少年。

余光中先生自己也写过很多首"火车诗",他的脍炙人口的散文名篇《记忆像铁轨一样长》,也与火车有关。此外,还有一首美丽的诗,也是写火车的,一直清晰地印在我的脑海里,难以忘却。那是诗人袁水拍青年时代写的一首抒情诗《火车》,写的是一辆开得很慢、很慢的火车,在深夜里喷吐着白烟,缓慢地行驶着……

驶到那种小到不能再小的车站,

四等慢车才肯停留两分钟的小车站，
没有电灯的小乡镇，
车站上只有一个警察守夜。
……
没有人来迎接这末班车的旅客，
只有一个，在那月台上，
裹在围巾里的脸，冻得通红，
正是我所约好的人。

这是诗人 24 岁时写的诗，他给我们留下了"想听一次火车叫，让我听一次火车叫吧"这样抒情的诗句。

没有谁不向往，坐上火车去远方的那种感受。女作家铁凝在她那篇短篇小说名作《哦，香雪》里，一开头就这样描写了火车和一个小山村的关系：

如果不是有人发明了火车，如果不是有人把铁轨铺进深山，你怎么也不会发现台儿沟这个小村。它和它的十几户乡亲，一心一意掩藏在大山那深深的褶皱里，从春到夏，从秋到冬，默默地接受着大山任意给予的温存和粗暴。
然而，两根纤细、闪亮的铁轨延伸过来了。它勇敢地盘旋在山腰，又悄悄地试探着前进，弯弯曲曲，曲曲弯弯，终于绕到台儿沟脚下，然后钻进幽暗的隧道，冲向又一道山梁，朝着神秘的远方奔去。

铁凝笔下的山村女孩香雪，就是怀着这样的"火车梦想"，第一次走上火车站台，第一次登上了开往远方的火车的。

啊，火车，火车，带着我去往远方吧！

我也想对着世界和远方说：没有我不肯坐的火车，也不管它往哪儿开。哪怕它是驶到那种小到不能再小的车站，驶到那种只有四等慢车才肯停留两分钟的小车站。

也许，在那个深夜的小车站的月台上，或者是在空旷的候车室里，也有一位我最亲爱的人，正在那里等候着我。